not only passion

台北捷運女孩

觀察日誌

文 喬老師　圖 両天工作室

dala plus 005

台北捷運女孩觀察日誌
Girls at Taipei Metro Stations

文／喬老師
圖／両天工作室

總編輯：黃健和
企宣：張敏慧
責任編輯：沈慶瑜
美術設計：蔣文欣
內頁排版：蔣文欣、黃雅藍

法律顧問：全理法律事務所董安丹律師
出版：大辣出版股份有限公司
　　　台北市105南京東路四段25號11F
　　　Tel：(02)2718-2698　Fax：(02)2518-8670
　　　www.dalapub.com　service@dalapub.com
發行：大塊文化出版股份有限公司
　　　台北市105南京東路四段25號11F
　　　Tel：(02)8712-3898　Fax：(02)8712-3897
　　　www.locuspublishing.com
　　　讀者服務專線：0800-006689　劃撥帳號：18955675
　　　戶名：大塊文化出版股份有限公司
　　　locus@locuspublishing.com
台灣地區總經銷：大和書報圖書股份有限公司
　　　地址：242新北市新莊區五工五路2號
　　　Tel：(02)8990-2558　Fax：(02)2990-1658
製版：瑞豐實業股份有限公司
初版一刷：2014年6月
定價：新台幣 350元
版權所有·翻印必究　Printed in Taiwan
ISBN: 978-986-663-440-6

國家圖書館出版品預行編目(CIP)資料

台北捷運女孩觀察日誌 / 喬老師文；両天
工作室圖. -- 初版. -- 台北市：大辣出版：
大塊文化發行, 2014.06
　　面；　公分. -- (dala plus；05)
　　ISBN 978-986-6634-40-6(平裝)

855　　　　　　　　　　　　　　103009994

台北捷運女孩觀察日誌

Girls at Taipei Metro Stations

CONTENT 目次

特別收錄
台北捷運路線圖

Route 1

>>> 棕線

Brown Line

- 文山線
- 內湖線

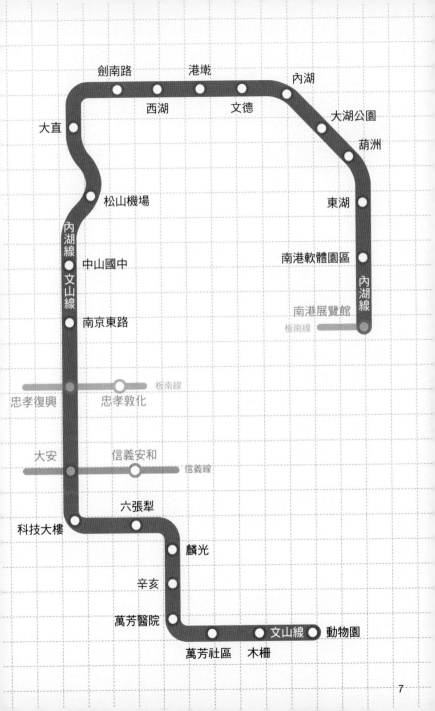

文山線

BR13
Taipei Zoo

動物園站

因台北市立動物園位於車站東側而得名。

Note ✎

★ **觀察時間**	週末假日早上8點
★ **觀察地點**	2號出口
★ **周邊景點**	貓空纜車水晶車廂、Hello Kitty彩繪專車,是邂逅夢幻美少女的絕佳地點,懼高症患者請三思而後行。

搭訕作戰會議

 觀察那位辣媽如何?你過去搭訕?

 還好我有準備動物園站搭訕的必殺道具。

 必殺道具?

 大貓熊「圓仔」的參觀券!剛剛先跑過去抽的,假日要排超久,你在這等我好消息。

(過了一會兒)

 有成功嗎?

 原來她們是要搭纜車去貓空的……

我不相信這是個媽媽

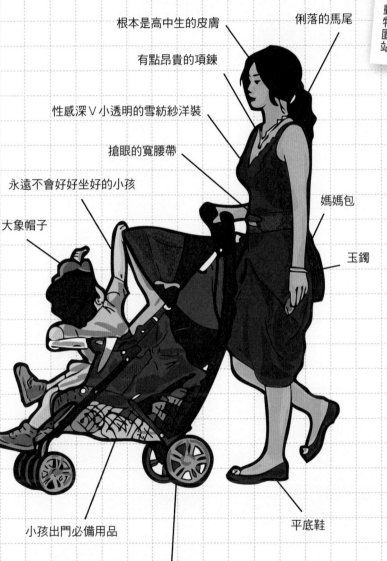

根本是高中生的皮膚

俐落的馬尾

有點昂貴的項鍊

性感深V小透明的雪紡紗洋裝

搶眼的寬腰帶

永遠不會好好坐好的小孩

大象帽子

媽媽包

玉鐲

小孩出門必備用品

平底鞋

超好推嬰兒車

文山線

木柵站

BR12
Muzha

站名取自當地地名，往昔為了抵禦泰雅族入侵，在當地以木樁建造柵欄，故名木柵。

Note

★ **觀察時間** 週六上午10點左右

★ **觀察地點** 車站月台

★ **周邊景點** 位於景美溪畔的道南河濱公園，據說常有美女在此散步、遛狗、騎單車……

喬老師
碎碎念

喬師母和尼斯湖水怪、**UFO**一樣，目前都還是未經科學證實的幻想。

大家一直要我畫的
捷運男孩觀察日誌 也是。

變色鏡片

假日還在處理客戶的
相關事宜

電子錶

玉鐲
好想拿去估價

斑馬配色

台南帆布包

牛仔褲

知性美的輕熟女

過了迷戀高跟鞋
的年紀

文山線

萬芳社區站

BR11
Wangfang
Community

站名取自當地地標萬芳社區。

Note ✎

★ **觀察時間** 週間晚上7點左右
★ **觀察地點** 車廂內
★ **周邊景點** 此站可搭公車至木柵老泉街杏花林賞花，花季約為每年二月至三月中旬。

喬老師
碎碎念

勞累一天的小資女

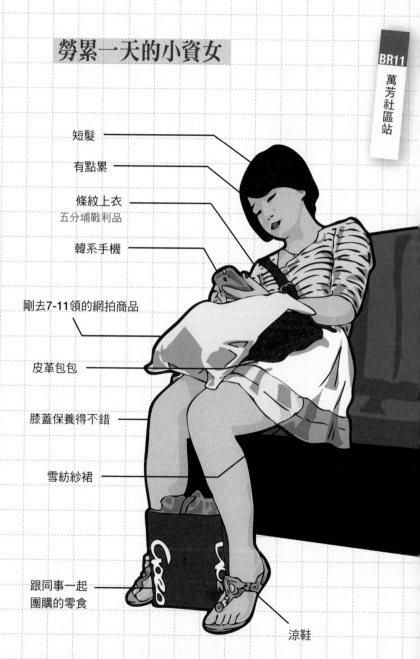

短髮

有點累

條紋上衣
五分埔戰利品

韓系手機

剛去7-11領的網拍商品

皮革包包

膝蓋保養得不錯

雪紡紗裙

跟同事一起
團購的零食

涼鞋

13

文山線

萬芳醫院站

BR10
Wangfang
Hospital

站名取自當地地標台北市立萬芳醫院。

Note ✐

★ **觀察時間** 晚上12點

★ **觀察地點** 捷運站出口、興隆路三段

★ **周邊景點** 由於附近有許多學校（中國科技大學、萬芳高中等），故此站校園美女出沒的機率很高。

喬老師
心動指數

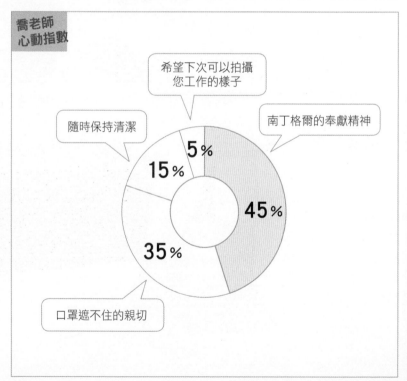

希望下次可以拍攝您工作的樣子

隨時保持清潔

南丁格爾的奉獻精神

5%

15%

45%

35%

口罩遮不住的親切

看起來超累的護理師

疲憊的眼神
不曉得加班多少小時

口罩

針織藍色毛衣

瓶裝運動飲料

瑞士Ｓ牌手錶

皮革側背包

白色褲子

買了卻沒有時間吃
的晚餐

白色鞋子

文山線

辛亥站

Xinhai

BR9

站名取自所在地街道辛亥路。

Note ✏

★ **觀察時間** 週末假日下午

★ **觀察地點** 捷運站出口、辛亥路四段

★ **周邊景點** 辛亥路上的上興舊木料行,可以找到各式各樣的
木料板材及原木家具,是個挖寶的好去處。

喬老師
心動指數

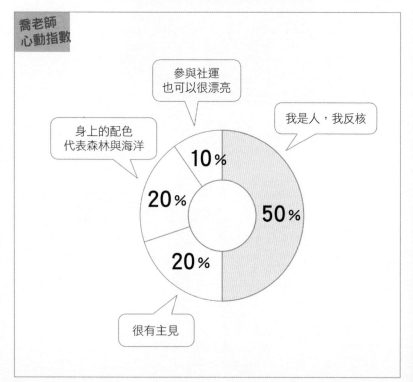

參與社運
也可以很漂亮

我是人,我反核

身上的配色
代表森林與海洋

10%

20%

50%

20%

很有主見

超殺的眼神

學生頭

雪紡紗上衣

社會運動購物袋

搶眼絲襪

有氣勢的短髮妹

黃色厚底鞋

文山線

BR8 麟光站
Linguang

站名取自當地地名，早年有憲兵部隊駐守於此地，憲兵部隊的吉祥動物是麒麟，而憲兵之光就是麒麟之光，簡稱為「麟光」。

Note

★ **觀察時間** 週間晚上8點

★ **觀察地點** 2號出口，和平東路三段

★ **周邊景點** 富陽自然生態公園是隱身台北市內的世外桃源，福州山公園則可以遠眺台北101，是許多攝影師拍攝跨年煙火的祕密基地。

搭訕作戰會議

 都取材回來了還在！
這個女孩跟男朋友也太會吵了吧！

 我想她真的很需要一個台階下。

 怎麼給？訂一組樓梯給她？

 不是啦！我們先問她願不願意成為捷運女孩，再請她問男友意見，僵局不就打開了嗎？

（過了一會兒）

 有成功嗎？

 清官難斷家務事，我們還是先走好了……

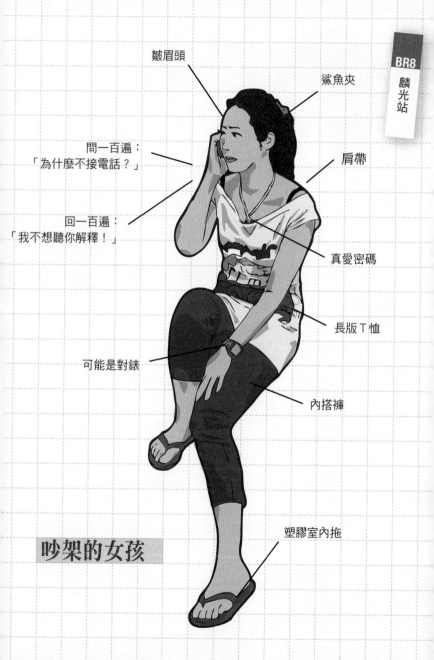

皺眉頭

鯊魚夾

問一百遍：
「為什麼不接電話？」

肩帶

回一百遍：
「我不想聽你解釋！」

真愛密碼

長版Ｔ恤

可能是對錶

內搭褲

塑膠室內拖

吵架的女孩

文山線

BR7 六張犁站
Liuzhangli

站名取自當地地名,古代一張犁、一匹牛可以耕作約五甲地的面積,六頭牛可以耕作的地區就稱為六張犁。

Note ✏

★ **觀察時間**	週間放學時間,晚上6點左右
★ **觀察地點**	捷運站出口、基隆路二段
★ **周邊景點**	樂利路巷弄內的禮拜文房具是由五位文具同好一起開的店,在店裡可以找到來自歐美日本等地、歷史悠久的文具品牌,很適合文藝青年逛逛的美麗小店。

搭訕作戰會議

 我對背吉他的女孩沒有抵抗力。

 而且還穿制服,可愛指數破錶啦!

 我想這次的搭話應該要謹慎點,你別再像以前那樣專出餿主意了。

 這次我可是頗有自信,我們送她捷運女孩圖案的Pick(彈片),彈吉他絕對用的到,萬無一失!

(過了一會兒)

 有成功嗎?

 她問能不能改畫阿寶(註)⋯⋯

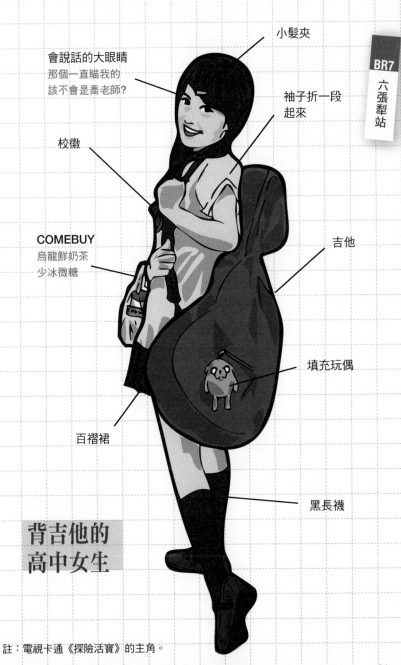

小髮夾

會說話的大眼睛
那個一直瞄我的
該不會是喬老師?

袖子折一段
起來

校徽

吉他

COMEBUY
烏龍鮮奶茶
少冰微糖

填充玩偶

百褶裙

黑長襪

背吉他的
高中女生

註:電視卡通《探險活寶》的主角。

21

文山線

科技大樓站

BR6
Technology
Building

站名取自當地地標科技大樓。

Note ✎

★ **觀察時間** 週間小學放學時間，下午4點多

★ **觀察地點** 和平東路二段

★ **周邊景點** 附近的國立台北教育大學就是孕育正妹導護老師的搖籃之一，小學生真幸福呀。

搭訕作戰會議

 那個導護老師也太漂亮了吧！

 真的，說是正在拍電影我也相信。

 跟老師搭訕該準備什麼好呢？

 這還不簡單，老師整天在學校上課帶學生，最需要的當然是潤喉防沙啞的羅漢果。

（過了一會兒）

 有成功嗎？

 老師問我的孩子讀幾年幾班……

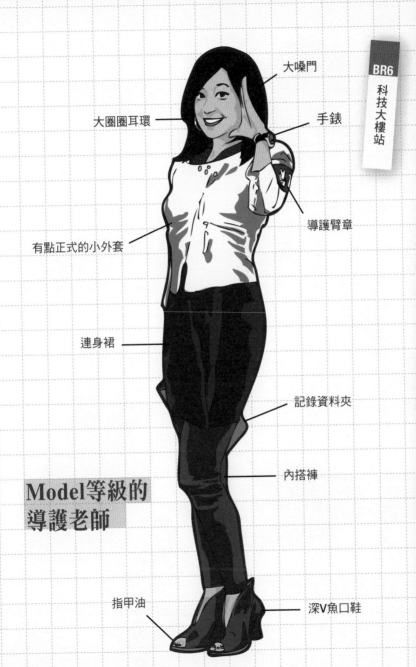

大嗓門

大圈圈耳環

手錶

導護臂章

有點正式的小外套

連身裙

記錄資料夾

內搭褲

Model等級的
導護老師

指甲油

深V魚口鞋

文山線

BR3
Nanjing
East Road

南京東路站

站名取自所在地街道南京東路。

Note ✏️

★ **觀察時間** 週五或週六晚上10點多,小巨蛋表演活動散場時間

★ **觀察地點** 南京東路三段

★ **周邊景點** 看完表演肚子餓的話,可以到遼寧街夜市逛逛, 正記筒仔米糕、麻油腰只是老字號人氣小吃。

喬老師
碎碎念

我昨天跟心儀已久的女孩說 「妳跟捷運一樣難追。」 她聽了只是笑而不答, 這是什麼意思呢?

她在暗示你列車開得再快, 到了終點站也是會停下來的啦!

粉絲俱樂部女孩

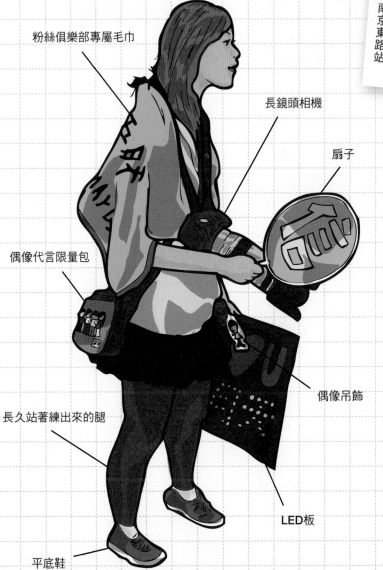

粉絲俱樂部專屬毛巾

長鏡頭相機

扇子

偶像代言限量包

長久站著練出來的腿

偶像吊飾

LED板

平底鞋

文山線

中山國中站

Zhongshan Jr. High School

因中山國中位於鄰近巷內而得名。

Note ✐

★ **觀察時間** 週末下午1點

★ **觀察地點** 捷運車廂內

★ **周邊景點** Astar coffee house隱藏在捷運站後巷弄中，
飲品與餐點都能嚐到店家的用心，以復古老家具營造出
溫馨懷舊的氣氛。

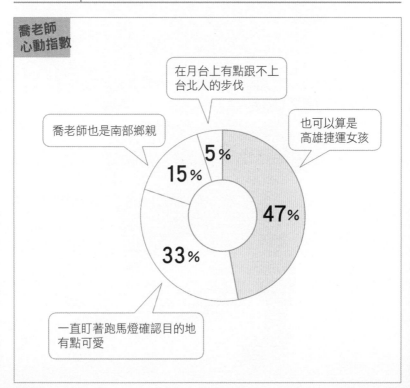

**喬老師
心動指數**

在月台上有點跟不上
台北人的步伐

也可以算是
高雄捷運女孩

喬老師也是南部鄉親

5%

15%

47%

33%

一直盯著跑馬燈確認目的地
有點可愛

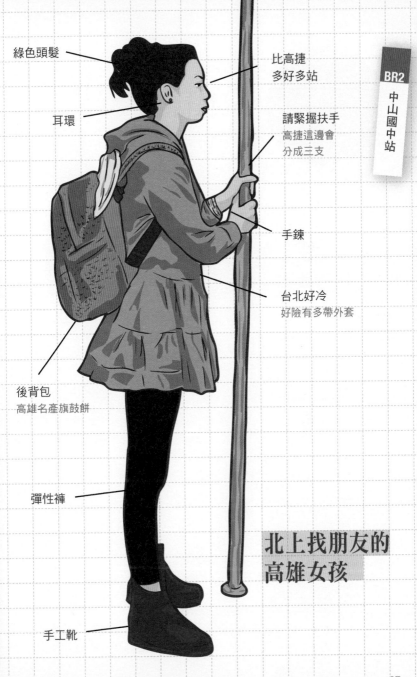

綠色頭髮

耳環

比高捷
多好多站

BR2
中山國中站

請緊握扶手
高捷這邊會
分成三支

手鍊

台北好冷
好險有多帶外套

後背包
高雄名產旗鼓餅

彈性褲

北上找朋友的
高雄女孩

手工靴

內湖線

松山機場站

站名取自當地地標松山機場。

Note 🖉

★ **觀察時間** 早上9點

★ **觀察地點** 3號出口

★ **周邊景點** 綠蔭蓊鬱的富錦街上有許多好吃好喝的店家，
咖啡店各具特色、值得一訪。讓人百吃不厭的戴記涼麵，
配上一碗大骨熬製的蛋包貢丸湯，十足美味。

喬老師
心動指數

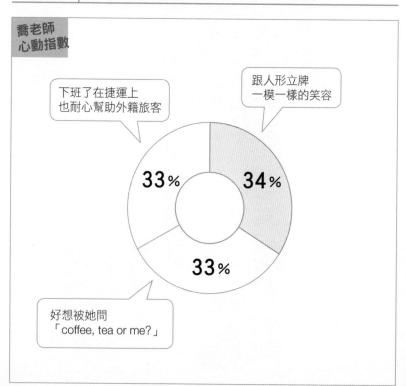

跟人形立牌
一模一樣的笑容

下班了在捷運上
也耐心幫助外籍旅客

34%

33%

33%

好想被她問
「coffee, tea or me?」

遙不可及的空姐

包包頭

迷人的笑容
戀愛了……

絲巾

名牌
記下名字，上PTT神人

空服員制服
我知道你在D槽裡
看到過

制式皮包
很懷疑她們會不會
拿到別人的

行李箱

訓練有素的三七步

內湖線

大直站

B1
Dazhi

站名取自當地地名,有一說因為多彎曲的基隆河在流過這一地區時轉為直線、寬廣的河道,故稱「大直」。

Note ✐

★ 觀察時間	週間中午12點左右
★ 觀察地點	1號出口
★ 周邊景點	栽培出許多設計優秀人才的實踐大學,除了盛產校園美女外,校舍建築也很有看頭,常常成為MV的取景地。

喬老師
碎碎念

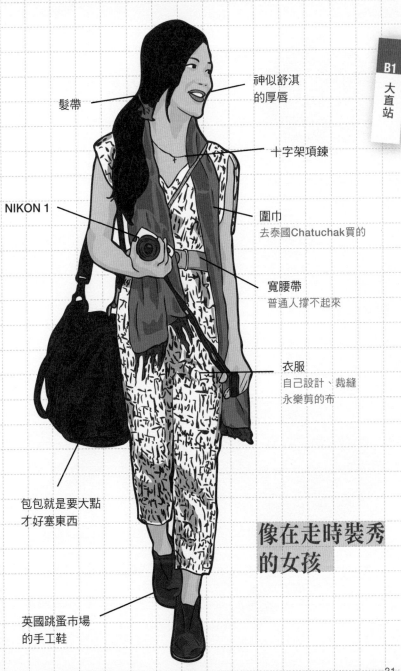

髮帶

神似舒淇
的厚唇

十字架項鍊

NIKON 1

圍巾
去泰國Chatuchak買的

寬腰帶
普通人撐不起來

衣服
自己設計、裁縫
永樂剪的布

包包就是要大點
才好塞東西

像在走時裝秀
的女孩

英國跳蚤市場
的手工鞋

31

內湖線

B2
Jiannan Road

劍南路站

站名取自所在地街道劍南路。

Note ✐

★ **觀察時間** 週末假日晚間9點

★ **觀察地點** 3號出口、敬業三路

★ **周邊景點** 附近有許多婚宴會場及飯店，如果運氣好可以
看到精心打扮來參加宴會的女孩喔！

喬老師
碎碎念

約女孩子去看電影時，
都不知道該講什麼好。

要學會見機行事！
比方說如果她遲到，
差點害你錯過電影時，你就要說：
「沒關係，至少我還沒有錯過妳。」

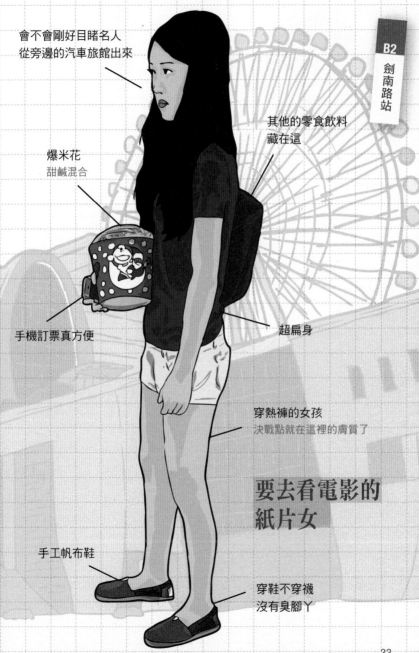

會不會剛好目睹名人
從旁邊的汽車旅館出來

其他的零食飲料
藏在這

爆米花
甜鹹混合

手機訂票真方便

超扁身

穿熱褲的女孩
決戰點就在這裡的膚質了

要去看電影的
紙片女

手工帆布鞋

穿鞋不穿襪
沒有臭腳丫

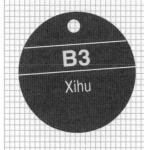

內湖線

西湖站

Xihu

站名取自當地地名，此地在北勢湖之西，
形狀向南傾斜，略成盆地，故名之。

Note ✎

★ **觀察時間** 週間中午12點

★ **觀察地點** 2號出口，內湖路一段

★ **周邊景點** 堤頂大道上學學文創有各式各樣文化創意相關
課程可以選修，還有展覽可看。2F的「一口一口學食驗室」
提供台灣在地食材的美味料理。

喬老師
心動指數

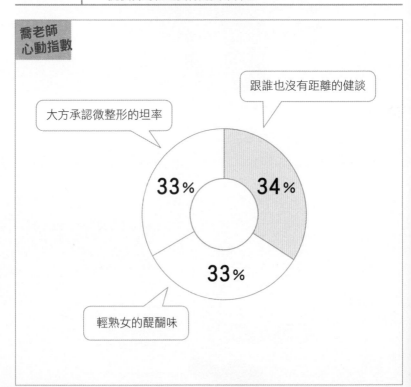

跟誰也沒有距離的健談

大方承認微整形的坦率

33%　**34%**

33%

輕熟女的醍醐味

到便利商店買午餐的OL

尚未完美的蘋果肌
前幾天剛打玻尿酸

冷麵沙拉
361大卡

綠色指甲油

iCASH
不用帶錢包

袖子
好像有點短

連身窄裙

水準以上

靴子
台北OL的腳程不得了

35

內湖線

港墘站

Gangqian

站名取自當地地名，位於基隆河邊，
昔日為內湖輸出入之港口，故名港墘。

Note ✎

★ **觀察時間** 週間上午9點

★ **觀察地點** 1號出口，內湖路一段

★ **周邊景點** Le Goût麵包店以法式麵包的作法、融合日式口味，
並供應咖啡與輕食，滿足附近上班族的味蕾與脾胃。

**搭訕作戰
會議**

 那個拿名牌包的女孩好漂亮！

 讓我先來觀察一下，感覺是生活無虞、
只欠個人來愛的小資女，你看她手上的紅線。

 真的耶，所以這次你得準備白馬王子去搭訕？
不要跟我說你本人就是喔！

 我當然不是，但可以準備塔羅牌讓她抽，
解答心中的疑惑。

（過了一會兒）

 有成功嗎？

 她比我專業很多，搭配星座血型解盤，
說我注定孤老終身……

耳環

有紀念價值的
銀項鍊

不吃不喝也要買的
名牌包

求姻緣的紅線

窄裙

公司識別證＋悠遊卡

娃娃鞋

小資女

內湖線

文德站
B5 Wende

站名取自所在地街道文德路。

Note ✎

★ **觀察時間** 週末假日下午2點

★ **觀察地點** 1號出口

★ **周邊景點** 碧湖公園風景秀麗，沿著湖畔散步非常愜意。附近巷子裡的珍珠茶屋，老闆從巴黎回到台灣開店，除了精選數種東方茶品與茶點外，也供應季節料理。使用溫潤古樸的日式茶具、坐在榻榻米上喝茶聊天，彷彿身在京都茶屋中。

喬老師
心動指數

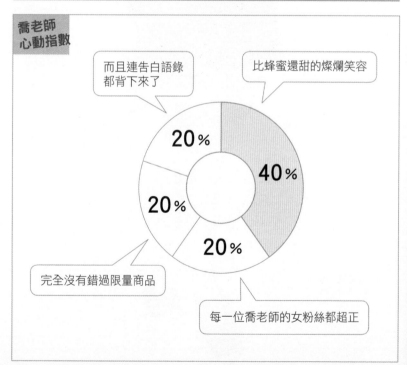

死忠的
喬老師女粉絲

最喜歡的告白法是
「便當來了，你剛點什麼？」
「我有點喜歡妳。」

我可是前兩百個
按讚的人之一唷

鮮豔指甲油

透明肩帶

貼身背心

限量的喬老師
捷運女孩帆布鞄

條紋裙

最近覺得
小腿有點ㄊ……

中筒靴

39

內湖線

內湖站

B6
Neihu

站名取自當地地名,閩南語稱山坳地為「湖」,
內湖是「內側盆地」的意思。

Note 🖉

★ **觀察時間** 週間下午1點

★ **觀察地點** 2號出口、成功路四段

★ **周邊景點** 成功路上湖光市場內有許多當地人鍾愛的小吃,
要吃肉圓、鹹酥餅、肉羹等市場美食,得趁早去排隊!

搭訕作戰
會議

 那個女孩拿了好多餅乾,都快掉下來的樣子。

 還好我都隨身準備黑色大垃圾袋,剛好派上用場。

 等一下,你隨身帶著黑色大垃圾袋是準備要幹嘛?

 就是怕什麼時候會剛好需要才帶的嘛!

(過了一會兒)

 有成功嗎?

 她說黑色大垃圾袋太丟臉,用手拿就好……

無鏡片黑框眼鏡

鮑伯頭

初二十六要拜拜

時薪115元
還要幫忙墊錢
買貢品

忘記帶購物袋了

芥末色
內搭褲

準備回辦公室的
工讀生小妹

小內八

內湖線

大湖公園站

B7
Dahu Park

站名取自當地地標大湖公園。

Note ✐

★ **觀察時間** 週間上午10點
★ **觀察地點** 2號出口
★ **周邊景點** 以綠建築為設計理念而興建的大湖公園游泳池，號稱台北市最美的游泳池，游完泳還可以到屋頂觀景台眺望大湖美景。

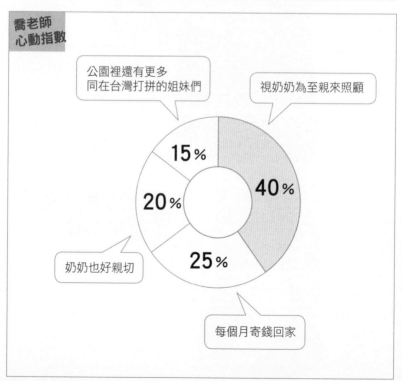

喬老師
心動指數

公園裡還有更多
同在台灣打拼的姐妹們

視奶奶為至親來照顧

15%

40%

20%

25%

奶奶也好親切

每個月寄錢回家

外籍看護

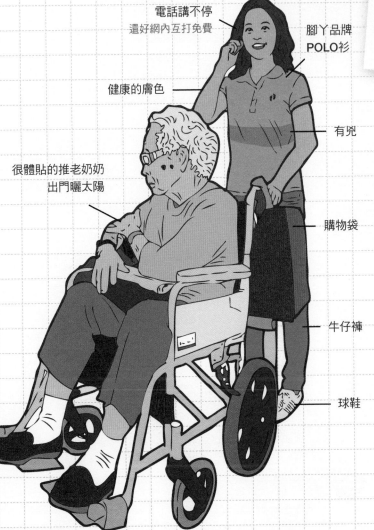

電話講不停
還好網內互打免費

腳丫品牌
POLO衫

健康的膚色

有兇

很體貼的推老奶奶
出門曬太陽

購物袋

牛仔褲

球鞋

43

內湖線

葫洲站

B8
Huzhou

站名取自當地地名,該地沿基隆河、
形成葫蘆狀之沙洲,因而得名。

Note ✎

★ **觀察時間** 週間下午

★ **觀察地點** 捷運車廂內

★ **周邊景點** 附近的康寧護專培養出許多人美心也美的
白衣天使,水藍色的校服頗受好評。

喬老師
碎碎念

在車廂裡看過有人這樣告白,
乘客向隨車員自首偷東西,
隨車員問他偷了什麼,乘客說
「我偷瞄妳。」

你要不要先承認
那個乘客就是你本人?

50%神似友坂理惠
如果是媒體就會說80%

親切地引導乘客
搭乘捷運

特務般的耳機

捷運制服

識別證

工作包
車廂鑰匙、手電筒、
鉗子等工具

對講機

不太合腳
的皮鞋

文湖線的隨車人員

害怕文湖線又當機才設置
的隨車人員

內湖線

東湖站

Donghu

站名取自附近地方行政區名東湖里。

Note ✎

★ **觀察時間** 週六下午4點

★ **觀察地點** 3號出口，康寧路三段

★ **周邊景點** Tutti Home自家烘培咖啡店除了有香醇咖啡、口味特別的鹹蛋糕，還有一隻貓咪相伴，果然像家一樣溫暖。

喬老師不時尚教室

給不清楚 **如何活用絲巾** 的妳

除了圍在脖子上、當成披肩外，還可以搭配或獨立當成包包使用，或繫在腰間、綁在頭上當成髮帶，切記別粗心大意綁成開喜婆婆或日本小偷的造型。

氣質名媛

剛從髮廊
整理好的捲髮

大螢幕
韓系手機

優雅地
碰觸手機

G牌名牌包

十字架項鍊

戰利品

短褲

絲巾

桃紅色指甲油

涼鞋

內湖線

B10
Nangang
Software Park

南港軟體園區站

站名取自當地地標南港軟體園區。

Note ✎

★ **觀察時間** 週間晚上8點

★ **觀察地點** 經貿二路

★ **周邊景點** 新興軟體園區辦公大樓林立，雖然沒有特別好逛的景點，但OL輕熟女倒是很多。

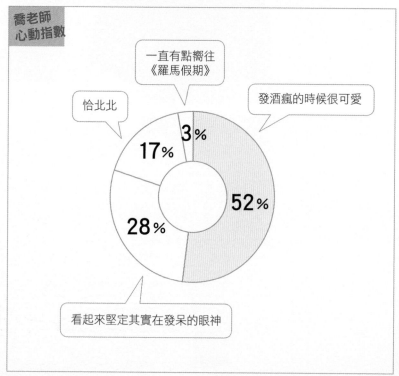

喬老師心動指數

一直有點嚮往《羅馬假期》

恰北北

發酒瘋的時候很可愛

3%

17%

52%

28%

看起來堅定其實在發呆的眼神

等好友下班
去喝一杯的女孩

長髮

娃娃音

側肩包
免上加班的份
帶回家做

正小圓錶
1972年款

假兩件式上衣

備胎

誰說女孩心難猜
欠個人來載

中國強帆布鞋

49

內湖線／南港線

南港展覽館站

B11 / BL18
Taipei Nangang
Exhibition Center

站名取自當地地標南港展覽館。

Note ✎

★ **觀察時間** 週六下午4點，展覽結束時間
★ **觀察地點** 南港展覽館外、經貿二路
★ **周邊景點** 南港路一段巷弄內的「傳説水煎包」，多達七種
口味可選擇，皮香餡實，是廣受上班族歡迎的下午茶點心。

**喬老師
心動指數**

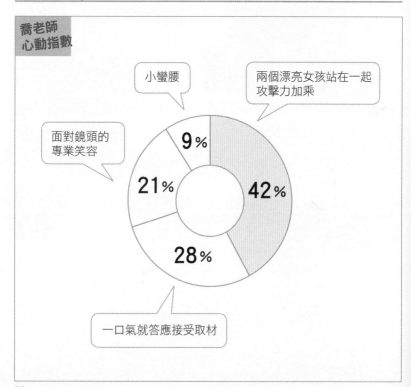

面對鏡頭的
專業笑容

小蠻腰

兩個漂亮女孩站在一起
攻擊力加乘

9%

21%

42%

28%

一口氣就答應接受取材

褪去秀服依舊火辣的
SHOW GIRLS

不只滿分的笑容

粉紅髮帶

馬尾

星形耳環

咖啡

小透明襯衫
隱約看到繞頸……

肚臍眼

腰瘦

印花包

熱褲

腿

彩色拖鞋

耳環

花色肩帶

花色字體T恤

夏日花裙

購物袋

拖鞋

彩色指甲

Route 2

>>> 紅線
Red Line

- 淡水線
- 信義線
- 新北投支線

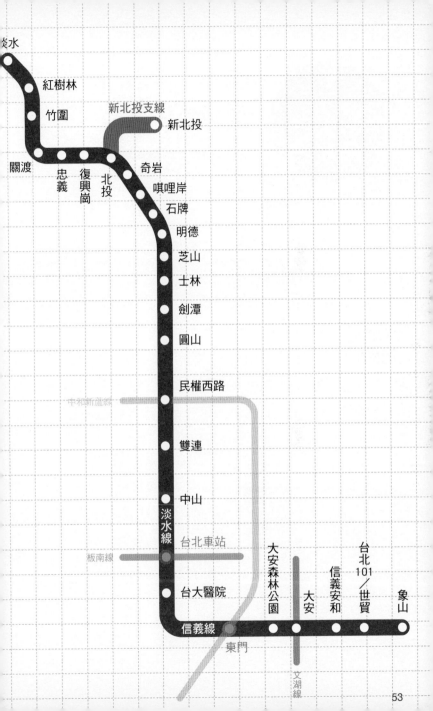

淡水

紅樹林

竹圍

關渡

忠義　復興崗　北投　奇岩

新北投支線　新北投

嘰哩岸

石牌

明德

芝山

士林

劍潭

圓山

民權西路

中和新蘆線

雙連

中山

淡水線

台北車站

板南線

台大醫院

信義線

東門

大安森林公園

大安

文湖線

信義安和

台北101／世貿

象山

淡水線

淡水站

Tamsui

站名取自當地地名，因為淡水河由此地出海，
故名淡水，是台灣現存最古老的地名。
「淡水」為充滿河水、流動不息的意思。

Note ✏

★ **觀察時間** 週末假日下午1點

★ **觀察地點** 淡水老街（中正路）

★ **周邊景點** 沿著淡水河岸散步，別錯過詩人隱匿與先生經營
的有河Book書店，店裡有書香、咖啡及河景，還有文人墨客
留下的創作痕跡。

喬老師
心動指數

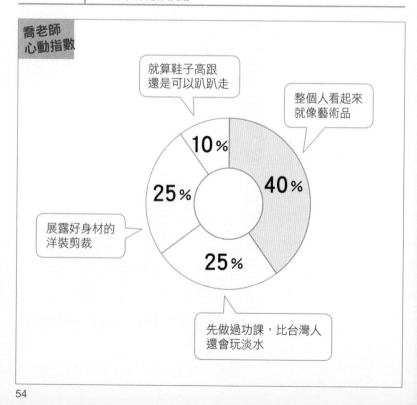

就算鞋子高跟
還是可以趴趴走

整個人看起來
就像藝術品

10%

40%

25%

展露好身材的
洋裝剪裁

25%

先做過功課，比台灣人
還會玩淡水

短髮

臥蠶

深V洋裝
這裡比我們北方熱的多

大耳環

老街買的
手環

肚子好撐
阿給
阿婆鐵蛋
烤魷魚

買了好多紀念品

聽說可以坐船去對岸？
到八里媽媽嘴喝咖啡

**從海峽對岸
來觀光的女孩**

R33

淡水站

等一下要去腳底按摩

淡水線

R32
Hongshulin

紅樹林站

站名取自保育類胎生植物「紅樹林」，
車站西側即為紅樹林保護區。

Note ✐

★ 觀察時間	週間上午11點
★ 觀察地點	1號出口、中正東路二段
★ 周邊景點	紅樹林自然保留區內有生態小徑及自行車道，沿途皆是茂密的紅樹林，可以從紅樹林站散步到淡水站。

喬老師
不時尚教室

給與 **嬉皮** 同樣堅持愛與和平的妳

服裝以印染多彩、寬鬆線條等元素為主，加
上流蘇或手作感的配件外，如果有花朵頭飾
並向路人發送花朵就更到位，切記別搞錯打
扮成寶傑的好朋友馬嬉皮。

大熱天還是
戴毛帽

淺棕髮色

辮子

項鍊

T恤

吊帶

麻布袋包

刺青

卡西歐錶

手環

橘紅色迷彩褲

嬉皮風女孩

綠色襪

厚底運動鞋

淡水線

竹圍站

R31
Zhuwei

站名取自當地地名。台灣近海鄉村民房附近，為了防風而種植許多竹桔，因此而有竹圍之名。

Note ✎

★ **觀察時間** 週末假日下午5點

★ **觀察地點** 車站月台

★ **周邊景點** 「竹圍工作室」提供國內外藝術家一個自由的展演空間，除了舉辦展覽、講座外，也有別出心裁的活動如市集、音樂會等可以參加。

喬老師
碎碎念

最近暗戀的女孩燒得一手好菜，連她給我的閉門羹也好好吃。

吃的時候記得要檢查裡面有沒有軟釘子。

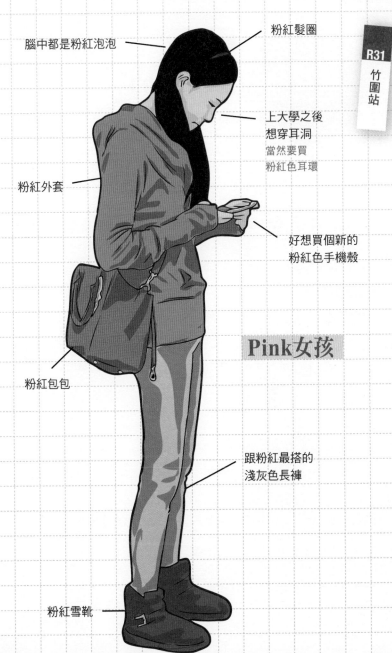

腦中都是粉紅泡泡

粉紅髮圈

上大學之後
想穿耳洞
當然要買
粉紅色耳環

粉紅外套

好想買個新的
粉紅色手機殼

Pink女孩

粉紅包包

跟粉紅最搭的
淺灰色長褲

粉紅雪靴

R30
Guandu

淡水線

關渡站

站名取自當地地名。此名源自凱達格蘭族對此地的稱呼「Kantou」，大屯及觀音山支脈在此地分岐而形成一峽門，故譯為「關渡」。

Note 🖉

★ **觀察時間** 週間下午1點

★ **觀察地點** 2號出口

★ **周邊景點** 在關渡站可以租腳踏車，騎過關渡大橋到八里遊玩，河畔的蛙·咖啡是單車騎士的好朋友。

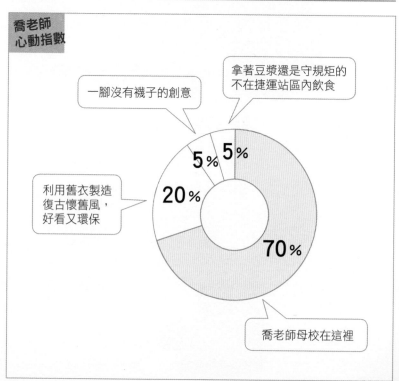

喬老師
心動指數

拿著豆漿還是守規矩的不在捷運站區內飲食

一腳沒有襪子的創意

利用舊衣製造復古懷舊風，好看又環保

5%　5%

20%

70%

喬老師母校在這裡

藝術學校女大生

早上喝到下午的豆漿

特殊髮色

強壯的小拇指

不合乎人體工學
的站姿

媽媽年輕時的外套

快被奇怪物品
撐破的塑膠袋

復古皮包

奶奶的洋裝

只一腳有穿襪子

復古鞋款

淡水線

R29
Zhongyi

忠義站

站名取自車站東北邊的北投忠義廟
（即行天宮北投分宮）。

Note 🖊

★ **觀察時間** 週間下午1點

★ **觀察地點** 捷運站出口、中央北路四段

★ **周邊景點** 忠義站附近還保留著關渡平原的稻田風光，
是許多攝影師愛用的外拍景點。

喬老師
碎碎念

我要去檢舉這位女警，
不然只要她一笑，
駕駛人都醉了怎麼開車！

醉的人只有你吧！

請我移車的交警

乾淨的淡妝

安全帽

笑容
我融化了

交通警察

警徽

一線三星

指揮棒

勤務腰包

無線電

勤務腰帶

手機套

黑色勤務鞋

淡水線

R28
Fuxinggang

復興崗站

站名取自車站北側國防大學政治作戰學院的
校區名稱「復興崗」。

Note ✍

★ 觀察時間	週間早上10點
★ 觀察地點	中央北路三段
★ 周邊景點	經過國防大學管理學院往山上，通到貴子坑
	親山步道，步道沿途可以觀察台北最古老的地層，以及
	豐富多元的動植物生態。

喬老師
心動指數

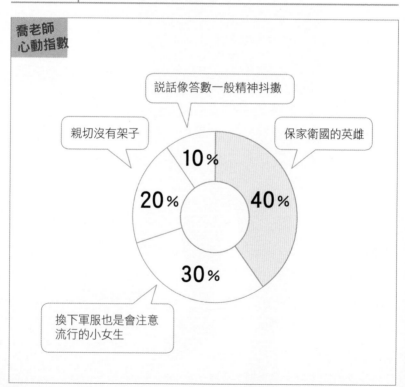

説話像答數一般精神抖擻

親切沒有架子

保家衛國的英雌

10%

20%

40%

30%

換下軍服也是會注意
流行的小女生

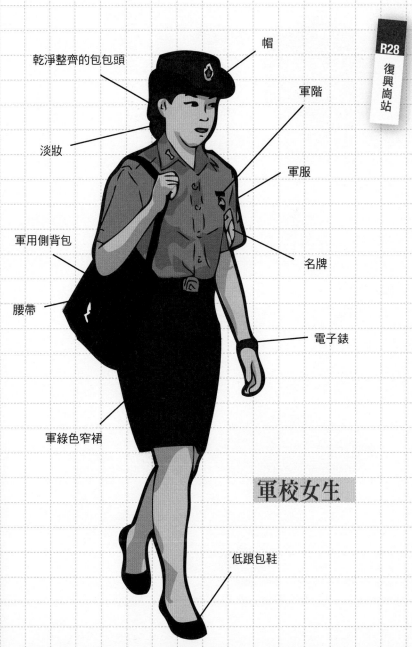

乾淨整齊的包包頭

帽

軍階

淡妝

軍服

軍用側背包

名牌

腰帶

電子錶

軍綠色窄裙

軍校女生

低跟包鞋

淡水線

R26
Beitou

北投站

站名取自當地地名。北投原為凱達格蘭族居住
之地，而「北投」(Patauw)在凱達格蘭語中有
「女巫住所」的意思。

Note 🖉

★ **觀察時間** 週末假日下午2點

★ **觀察地點** 車站月台

★ **周邊景點** 北投市場以傳統小吃聞名，包括矮仔財滷肉飯、
簡記排骨酥麵、蔡元益紅茶等，都是經營數十年仍維持人氣
不墜的名店。

喬老師
碎碎念

有一次我在北投站巧遇暗戀的女孩子，
她問我在等新店還是象山，
我差點脫口而出說我其實在等她。

我每天都在 **等下班**。

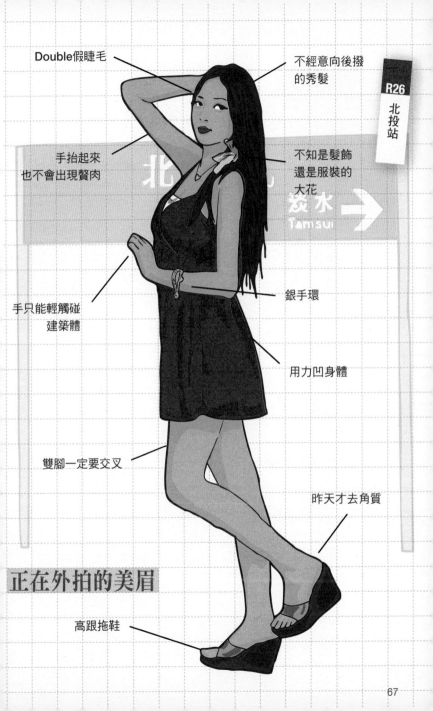

Double假睫毛

不經意向後撥
的秀髮

手抬起來
也不會出現贅肉

不知是髮飾
還是服裝的
大花

北

淡水
Tamsui →

銀手環

手只能輕觸碰
建築體

用力凹身體

雙腳一定要交叉

昨天才去角質

正在外拍的美眉

高跟拖鞋

新北投支線

新北投站

R27
Xinbeitou

站名取自當地地名。早在明末清初便有漢人到北投開墾，由於此地為日治時期才開發的新市區，故名新北投。

Note

★ 觀察時間	週末假日下午6點
★ 觀察地點	捷運出口
★ 周邊景點	中山路上的北投圖書館是台灣首座綠建築圖書館，整棟建築由木造而成，曾獲美國新聞網站選為全球最美25座公立圖書館之一，吸引各國觀光客到訪。

搭訕作戰
會議

 是從香港來的朋友。

 新北投景點可多了，
圖書館、溫泉博物館、地熱谷……

 那我們盡地主之誼，送上鳳梨酥如何？

 太普通了啦！我從台南帶上來的百年蜜餞
比較特別，台北買不到。

（過了一會兒）

 有成功嗎？

 她送我們幾塊超好吃的珍妮曲奇！還說歡迎
我們下次去畫香港地鐵女孩觀察日誌喔！

剛泡完湯
神清氣爽

帶有磁性的廣東話

昨天在夜市買的手環

旅遊書

數位相機

牛仔熱褲

輕便卻可以
裝很多的包包

透膚絲襪

自助旅行的
香港妹

帆布鞋

淡水線

R25
Qiyan

奇岩站

站名取自當地地名，由於當地山勢較高，
並有許多形狀奇特的巨岩如丹鳳岩、軍艦岩等，
故名奇岩。

Note

★ **觀察時間** 平日晚上8點

★ **觀察地點** 北投路一段

★ **周邊景點** 由姚仁喜建築師設計、以「空中花、水中月」為設
計概念的農禪寺水月道場，突破一般人對寺廟的刻板印象。
去除宗教符號後的佛寺，散發寧靜莊嚴之美。

喬老師
碎碎念

除了預計2015年通車的桃園機場線，
桃園捷運目前的規劃有藍線、航空城線、
橘線與棕線。

等路網完成後，搭捷運就
可以直達桃園機場、高鐵站、
桃園跟中壢火車站，
實在太方便了！

淡妝
只是下樓面交
也是要有禮貌

細肩帶小露性感

辮子

要記得給好賣家
正面評價

瑞士平價手錶

士林夜市買的手環

一元起標的戰利品

約在車站
面交網拍物品
的OL

內搭褲
也是拍賣買的

夾腳拖

淡水線

R24
Qilian

唭哩岸站

站名取自當地地名，唭哩岸是凱達格蘭語
「Ki-Lrigan」的譯音，是「海灣」之意。

Note ✎

★ **觀察時間** 週間下午5點

★ **觀察地點** 1號出口、東華街二段

★ **周邊景點** 陽明大學校區後方可以通到軍艦岩親山步道，
岩頂景色開闊優美，將台北盆地盡收眼底。

喬老師
碎碎念

觀察某些捷運女孩時，我都懷疑自己身在高雄，不然怎麼會感覺快墜入愛河了。

我很樂意
先推你墜入淡水河。

網球女孩

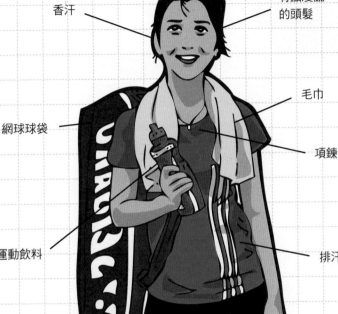

香汗

有點凌亂
的頭髮

毛巾

項鍊

網球球袋

運動飲料

排汗衫

應該是籃球褲

A 牌運動鞋

73

淡水線

石牌站

R23
Shipai

站名取自當地地名。清乾隆年間,地方官為了解決漢人與平埔族的爭地衝突,在此地立一石牌用以劃定地域,故名石牌。

Note ✏

★ **觀察時間** 週間上午10點

★ **觀察地點** 東華街一段

★ **周邊景點** 開業30年的阿財鍋貼水餃,皮香脆、餡多汁,是常常大排長龍的美味小吃。

搭訕作戰會議

 看她剛剛在整理滿背包的原文書跟論文,應該是位菸酒生吧!

 什麼菸酒生!我們研究生可是很辛苦的。

 想要搭訕的話,應該要準備什麼呢?

 問我就對了,黑咖啡跟提神飲料最適合沒日沒夜的研究生了。

(過了一會兒)

 有成功嗎?

 拿到她們所上研討會的DM算嗎……

跟主修老師
約好meeting的
研究生

研究動機

研究方法

文獻回顧

論文架構

素顏
論文崩潰期
無心思打扮

長圍巾

書太多有時候
會以為在背磚塊

黃日香豆干
返鄉帶給老師的伴手禮

夾腳拖
輕便為主囉

75

淡水線

明德站

R22
Mingde

站名取自所在地街道明德路。

Note ✐

★ **觀察時間**	週間下午6點	
★ **觀察地點**	車站月台	
★ **周邊景點**	中山北路六段上的鄉香美式墨西哥餐廳,吃得到份量飽滿、充滿家庭風味的美式菜餚。炸雞酥脆多汁,就算熱量破表也心甘情願!	

喬老師
心動指數

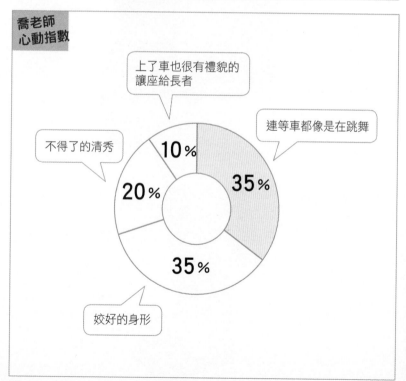

上了車也很有禮貌的讓座給長者

連等車都像是在跳舞

不得了的清秀

10%

35%

20%

35%

姣好的身形

包包頭

有點搶眼的額頭

韓系手機

身體成微 S
的站姿

書包

是裙子太短？
還是腿太長？

舞蹈班的高中女生

黑長襪

外八的雙腳

帆布鞋

淡水線

R21
Zhishan

芝山站

站名取自當地地名。18世紀時許多中國福建
漳州人移民來此,見附近小山丘風景很像故鄉
的芝山,故名之。

Note ✎

★ **觀察時間** 週六下午4點棒球比賽前

★ **觀察地點** 捷運站外接駁車站

★ **周邊景點** 德行西路上的溫德德式烘培餐館天母總店,
供應道地扎實的德式麵包與餐點。每年十月更舉辦啤酒
節活動,在台北也能感受慕尼黑啤酒文化與精神。

**搭訕作戰
會議**

 是味全龍隊的球迷!!
我也是!!

 那就交給你去搭訕囉?
剛好我這邊有幾本絕版的《龍族雜誌》。

 太好了!那我跟她約下次一起看球。

 好啊!順便告訴她喬老師是堅定的台南獅迷。

(過了一會兒)

 有成功嗎?

 她說除了張泰山以外,最討厭統一獅了……

毛帽

開始支持龍隊
是10歲的時候

長辮子

龍T

皮手環
也是紅色的

用了十幾年的包包
舊的很好看

龍魂不滅的女孩

有空就來天母棒球場觀賞比賽
從芝山站搭免費接駁車好方便

感覺好難
穿脫的鞋

淡水線

R20
Shilin

士林站

站名取自當地地名。清代此地行政區名原為
「芝蘭堡」，後來因為當地普設私塾、文風鼎盛
而改為士林。

Note ✐

★ **觀察時間**	週末假日下午1點
★ **觀察地點**	1號出口
★ **周邊景點**	中正路巷弄內藏著一家超人氣早餐店豐盛號， 看似平凡的碳烤三明治與奶茶，食材皆精挑細選，晚來賣完 就吃不到了。

搭訕作戰會議

 聽他們聊天的內容，這位應該是保齡球女孩喔！

 她剛還說想訂做自己專屬的球。

 所以我們該準備什麼過去搭訕？

 反正我們偶爾也會去打保齡球，就直接以球會友囉！

（過了一會兒）

 被電慘了。

 兩個人分數加起來還輸她……

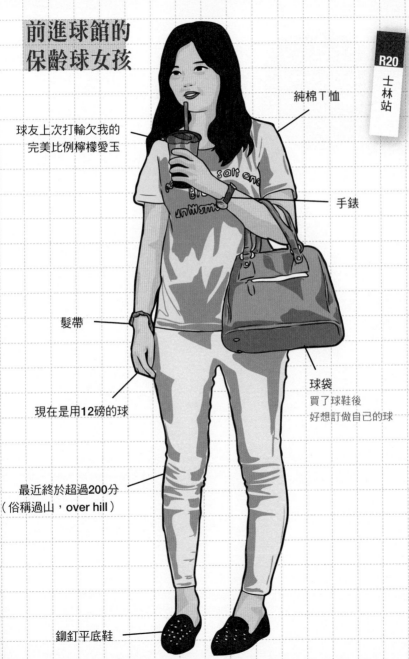

前進球館的
保齡球女孩

純棉 T 恤

球友上次打輸欠我的
完美比例檸檬愛玉

手錶

髮帶

現在是用12磅的球

球袋
買了球鞋後
好想訂做自己的球

最近終於超過200分
（俗稱過山，over hill）

鉚釘平底鞋

淡水線

劍潭站

Jiantan

站名取自當地地名。傳說鄭成功行軍於此地時，遇到河中妖怪興風作浪，為了降妖把寶劍投入水潭中，才有劍潭之名。

Note ✐

★ **觀察時間**	平日晚上8點
★ **觀察地點**	1號出口
★ **周邊景點**	附近除了士林夜市吸引許多觀光客外，還有士林高商、陽明高中、銘傳大學等學校，是校園正妹頻繁出沒的熱點。

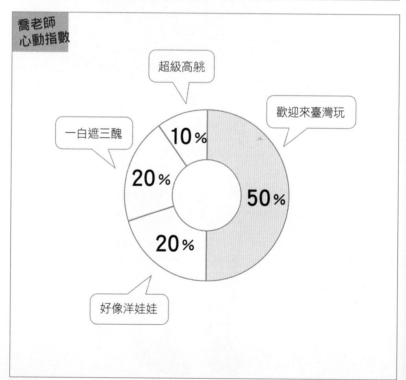

喬老師
心動指數

超級高姚

歡迎來臺灣玩

一白遮三醜

10%

20%

50%

20%

好像洋娃娃

金髮

碧眼

你好！謝謝！
（我是烏克蘭人不是美國人）

內衣

背心

珍奶

短褲

數位相機

白皮膚

逛夜市的金髮尤物

涼鞋

R18A
劍潭站

淡水線

圓山站

R17
Yuanshan

站名取自當地地名。該地因形勢孤立且山頂形狀呈圓形，而被命名為「圓山」。

Note ✎

★ **觀察時間** 週末假日下午1點

★ **觀察地點** 車站月台

★ **周邊景點** 花博公園中的MAJI集食行樂，可以逛創意市集、看表演、吃美食，還有販賣各種嚴選食材的神農市集，可以消磨一整天的好去處。

搭訕作戰會議

 要畫哪個女孩好呢？

 戴帽子那個，感覺很有氣質。

 的確，感覺是個文青，
那我們該準備什麼好跟她搭話呢？

 用我們之前出的限量捷運女孩帆布鞄試試吧！
挺有手作感的說！

（過了一會兒）

 有成功嗎？

 她問有沒有男孩版本的……

文青女孩

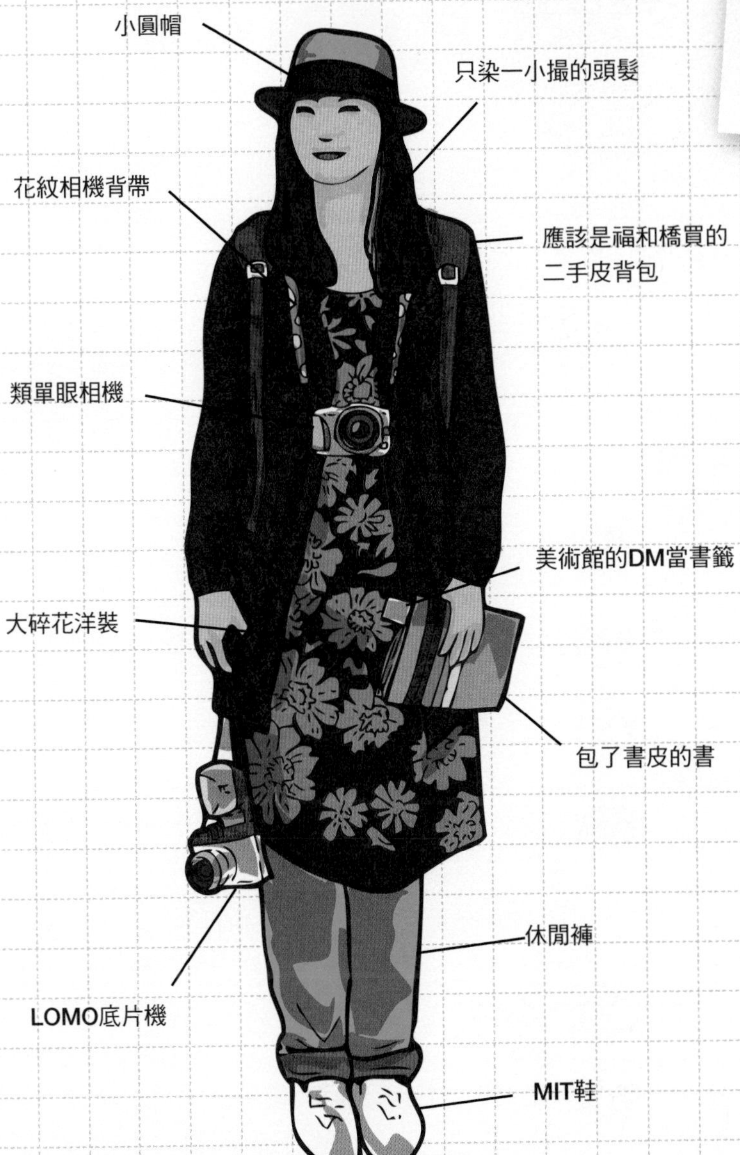

小圓帽

只染一小撮的頭髮

花紋相機背帶

應該是福和橋買的
二手皮背包

類單眼相機

美術館的DM當書籤

大碎花洋裝

包了書皮的書

休閒褲

LOMO底片機

MIT鞋

85

淡水線 / 新莊線

民權西路站

站名取自所在地街道民權西路。

Note ✏

★ 觀察時間	週日晚上8點
★ 觀察地點	車站月台
★ 周邊景點	晴光市場是台北有名的美食市場，市場內張家一品香滷味食材種類齊全、物美價廉；市場外公園邊黃記魯肉飯，蹄膀軟嫩不膩口，道地台灣醍醐味。

搭訕作戰會議

 那個Kitty的行李箱好可愛，行李箱的主人更可愛！

 襯衫都是食物圖案，看起來很愛吃的樣子。

 所以你打算拿著零食就過去搭訕？
又不是去公園餵鴿子錦鯉……

 你就相信一次我的直覺嘛！

（過了一會兒）

 有成功嗎？

 她吃完了，我現在再去買……

充滿活力的女孩

鴨鴨水瓶

神清氣爽
剛從南部度假回來

卡通錶

花襯衫
都是食物的圖案

哨子
不怕壞人

手環

寵物包
內有可愛小臘腸

Kitty行李箱

手工帆船鞋

雙連站
Shuanglian

R15

站名取自當地地名。清代此地有兩個相連的大水潭，稱做雙連埤，之後便沿用雙連為地名。

Note ✎

★ **觀察時間** 週間下午1點

★ **觀察地點** 民生西路

★ **周邊景點** 舊時商業繁榮人文薈萃的大稻埕，現在由許多藝術家、文創業者重新翻修，賦予老房子新生命。附近的民樂旗魚米粉湯，保留著老台北記憶中的美味。

**喬老師
心動指數**

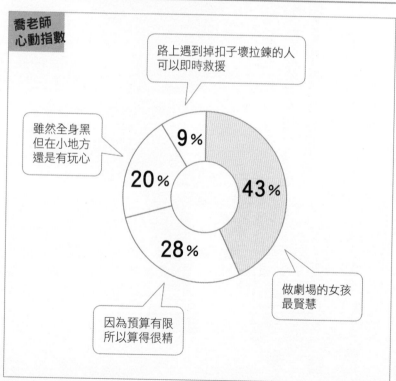

路上遇到掉扣子壞拉鍊的人可以即時救援

雖然全身黑但在小地方還是有玩心

9%

20%

43%

28%

做劇場的女孩最賢慧

因為預算有限所以算得很精

超白的皮膚
在黑盒子裡工作太久

R15
雙連站

統編、抬頭、老闆私章

一身黑的穿著
進劇場工作必備

粉餅
大頭針
巧克力
針線
剪刀
拆線刀

破破牛仔褲

趕往布市採買的
裁縫女孩

請同學幫忙畫的

89

淡水線

R14
中山站
Zhongshan

站名取自當地行政區名中山區
與地標中山市場。

Note ✎

★ **觀察時間** 週末假日下午4點

★ **觀察地點** 中山站附近髮廊

★ **周邊景點** 捷運站2號出口附近的「台灣好，店」，販售來自
台灣各地的好物。不論是匠心獨具的手工藝品，還是使用
在地食材製作的食品，在在展現台灣之美。

喬老師
碎碎念

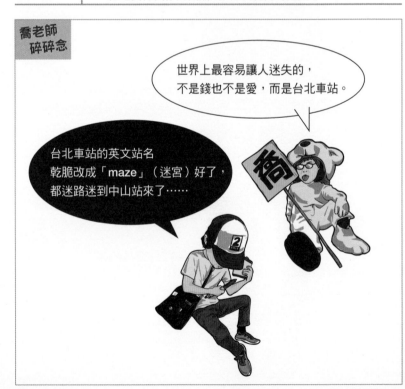

世界上最容易讓人迷失的，
不是錢也不是愛，而是台北車站。

台北車站的英文站名
乾脆改成「maze」（迷宮）好了，
都迷路迷到中山站來了……

淡水線

台大醫院站

National Taiwan University Hospital

R12

站名取自當地地標台大醫院。

Note ✎

★ **觀察時間** 太陽花學運期間、週間上午10點

★ **觀察地點** 中山南路與青島東路交叉口

★ **周邊景點** 本站周邊政府機關林立,二二八紀念公園內的
國立台灣博物館,是台灣歷史最悠久的博物館,歐式古典
的建築常常成為婚紗照取景地。

**搭訕作戰
會議**

 這一站有好多愛國的學運女孩。

 她們手上都拿香蕉……
不是,是太陽花,不過人都比花嬌。

 我之前也進到議場裡畫了幾張圖,迴響很熱烈呢!

 看來這次搭訕應該不是難事。

(過了一會兒)

 捍衛民主!!

 退回服貿!!

略顯疲態但熱情不減
在立法院外睡了五個晚上

先立法、
再審查

捍衛民主

自己國家自己救
FUCK THE GOVERNMENT

向日葵？
香蕉？

和平理性

滿腔熱血的
太陽花女孩

牛仔褲

涼鞋
晴雨交替時
最好的選擇

信義線

大安森林公園站

站名取自當地地標大安森林公園。

Note ✎
★ **觀察時間** 週末假日上午9點
★ **觀察地點** 信義路三段
★ **周邊景點** 建國假日花市彷彿隱藏在高架橋下的祕密花園，為水泥建構的灰色城市帶來色彩。花市販售多采多姿的植物盆栽、園藝用品，攤商耐心解說植物特性與栽種方式，每次逛花市都會有發現新事物的驚喜。

喬老師心動指數

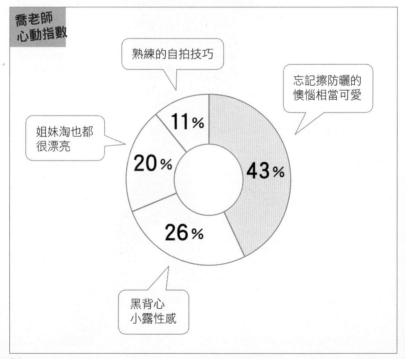

熟練的自拍技巧

忘記擦防曬的懊惱相當可愛

姐妹淘也都很漂亮

11%

20%

43%

26%

黑背心小露性感

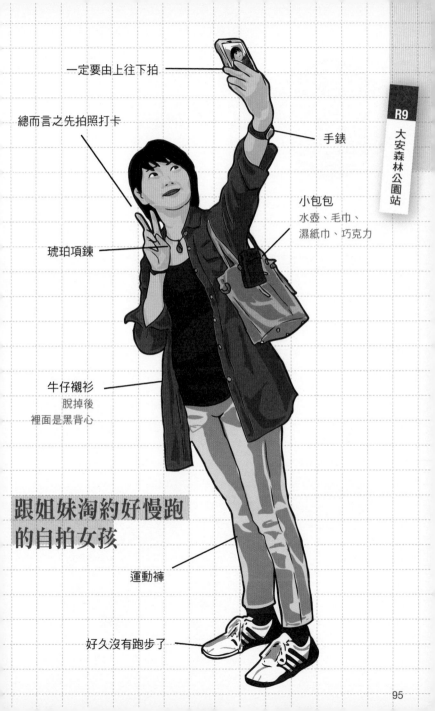

一定要由上往下拍

總而言之先拍照打卡

手錶

小包包
水壺、毛巾、
濕紙巾、巧克力

琥珀項鍊

牛仔襯衫
脫掉後
裡面是黑背心

跟姐妹淘約好慢跑
的自拍女孩

運動褲

好久沒有跑步了

95

信義線 / 文山線

大安站

R8 / BR5
Daan

站名取自所在行政區名大安區。

Note ✎

★ **觀察時間** 週末假日上午11點
★ **觀察地點** 信義路四段
★ **周邊景點** 附近臥虎藏龍、厲害的餐廳不勝枚舉。四維路巷子裡有家個性十足的小店——眼鏡咖啡，街坊少見的日式風格咖啡店，不接受四人以上的客人，適合在此享受悠閒清靜的一人時光。

**喬老師
碎碎念**

搭捷運三大錯覺：
1. 兩個方向的列車會一起來
2. 找座位要往頭尾車廂移動
3. 學生票的折扣比一般票多

所以學生票和一般票都是8折嗎？！

跨文化戀愛的女子

外籍友人都很高，
需要一直仰著頭

跟旁邊友人
全程都是講英文

露出一邊的
肩膀及肩帶

薄到會看見
內衣的上衣

休閒風的手環

Cross Culture Romance

註：CCRomance為
PTT上專門討論異國
戀情的一個版面。

有點大件的短褲

日系品牌
無LOGO包包

金屬腳環

健康的膚色

彷彿在墾丁的夾腳拖

信義線

信義安和站

R7
Xinyi Anhe

站名取自當地街道信義路、安路。

Note ✎

★ **觀察時間** 週間晚上7點

★ **觀察地點** 車站月台

★ **周邊景點** 文昌街巷子裡的The Escape Artist提供畫布、畫具與顏料，想畫畫的人可以來這裡盡情揮灑，體驗沒有規則與限制的自由創作。不知為何，來這裡畫畫常常可以看到美女。

喬老師
碎碎念

每次超過晚上**12點**，
在捷運站看到可愛的女孩子，
就想問她們為什麼還在這裡。

因為**12點**發末班車，
所以**12點**多其實都還有車。

可是仙杜瑞拉（灰姑娘）
不是過了**12點**就會消失嗎？

月台上的冰山女孩

酒紅色短髮

繞頸肩帶

針織外套

Porter包

長筒運動鞋套

不笑時
帶一點殺氣

悠遊卡夾
學生卡

台北101/世貿站

R6
Taipei 101 / World Trade Center

站名取自當地地標台北101與世貿中心。

Note ✏️

★ **觀察時間**	週間下午2點
★ **觀察地點**	信義路五段
★ **周邊景點**	松勤街、莊敬路上的信義公民會館，由眷村「四四南村」改建而成，保留眷村老厝風貌，成為熱門拍照景點。廣場週六有二手市集、週日則是創意市集，還有音樂表演、展覽可看。

喬老師心動指數

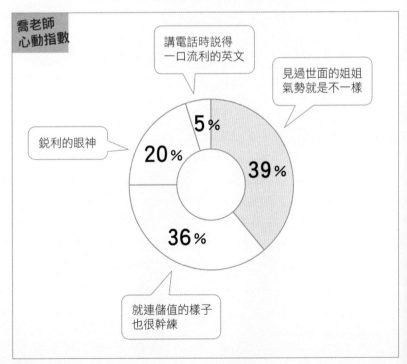

講電話時說得一口流利的英文

見過世面的姐姐氣勢就是不一樣

5%

39%

銳利的眼神

20%

36%

就連儲值的樣子也很幹練

前往展館的時尚姐姐

長髮

回眸一笑
好像發現喬老師

微正式的小襯衫
年紀輕輕，看起來是個
事業有成的女主管

時尚短褲

不曉得是手環還是紅線

名牌公事包

購物袋

清脆的腳步聲

名牌女鞋

信義線

象山站

R5
Xiangshan

站名取自當地地名。象山為四獸山之一，因山形似象頭而得名。

Note ✎

★ **觀察時間** 週末假日上午10點

★ **觀察地點** 中強公園

★ **周邊景點** 從本站步行至象山親山步道約10-15分鐘，步道沿途有數個觀景台，可從不同角度遠望台北盆地，是拍攝台北夜景的熱門據點。

搭訕作戰會議

 你看正在拍照的那個女孩，手機都快掉出來了。

 我過去提醒她，順便借她拍出好照片必用的道具 —— 反光板。

 投其所好，高招喔！

 而且還是五合一（柔光、銀色、金色、白色、黑色）的喔！

（過了一會兒）

 有成功嗎？

 她說我站在那邊會擋到101……

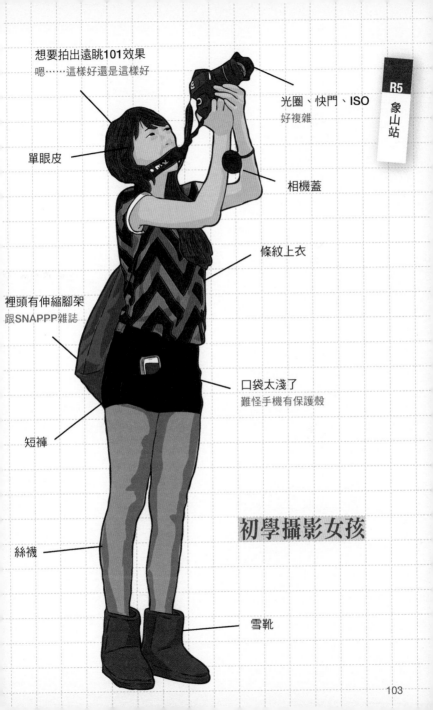

想要拍出遠眺101效果
嗯……這樣好還是這樣好

光圈、快門、ISO
好複雜

單眼皮

相機蓋

R5
象山站

條紋上衣

裡頭有伸縮腳架
跟SNAPPP雜誌

口袋太淺了
難怪手機有保護殼

短褲

絲襪

初學攝影女孩

雪靴

Route 3

>>> 藍線
Blue Line

- 南港線
- 板橋線
- 土城線

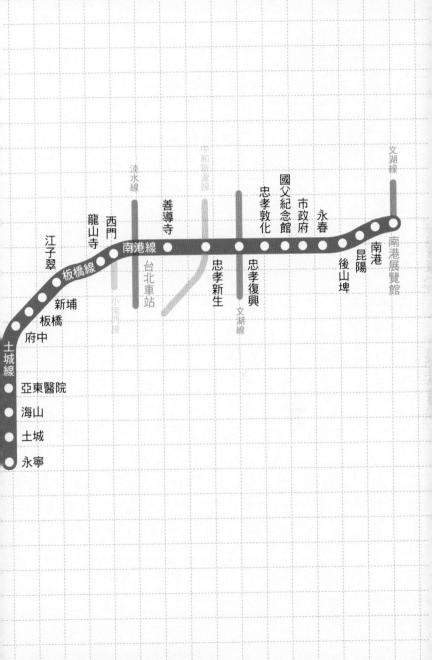

文湖線

淡水線　　中和新蘆線　　忠孝敦化　國父紀念館　市政府　永春

江子翠　龍山寺　西門　南港線　善導寺

板橋線

新埔

板橋

府中

土城線

亞東醫院

海山

土城

永寧

台北車站

小南門線

忠孝新生　忠孝復興　文湖線

後山埤　昆陽　南港　南港展覽館

105

BLUE LINE

南港線

南港站
BL17 Nangang

站名取自當地地名。南港區位基隆河南岸，昔日新北市汐止區內有北港，南北對稱故名南港；有另一說因與基隆港對稱，故稱南港。

Note 📝

★ **觀察時間** 週六下午2點

★ **觀察地點** 2號出口

★ **周邊景點** 忠孝東路七段上的台北市極限運動訓練中心，可以練習滑板、單車、直排輪，還有攀岩練習區與生態公園。在這裡可以看到身手靈活的運動女孩喔！

搭訕作戰會議

 那個滑板女孩我們是不是看過啊？

 藍色頭髮……沒有吧……

 我確定有，上次看到她是粉紅色頭髮，走甜美風，還戴個《月光仙子》裡貓咪的帽子，你忘了？

 對對對，是上次那個來不及搭訕的女孩，這次要把握機會。

（過了一會兒）

 有成功嗎？

 原來她就是穿搭達人郭百白！她的造型多變到可以做成另外一本觀察日誌了呢！

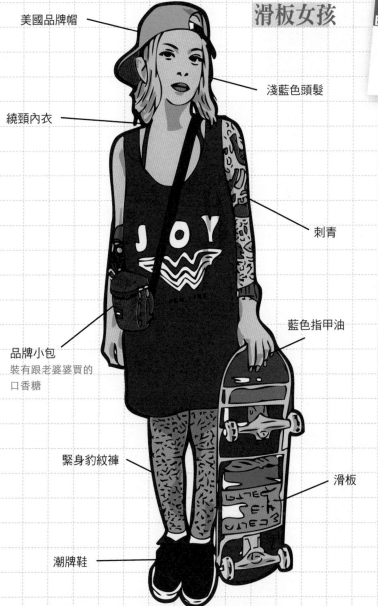

滑板女孩

美國品牌帽

淺藍色頭髮

繞頸內衣

刺青

品牌小包
裝有跟老婆婆買的
口香糖

藍色指甲油

緊身豹紋褲

滑板

潮牌鞋

南港線

昆陽站
Kunyang

BL16

站名取自所在地街道昆陽街。

Note ✎

★ **觀察時間** 週間早上9點

★ **觀察地點** 車站月台

★ **周邊景點** 南港公園幅員遼闊、三面環山，園內有湖泊、步道、
自行車道、紅土跑道等，此地昔日有兩大池塘，即為地名「後
山埤」由來。除了是慢跑好地點外，還可以釣魚！

喬老師
不時尚教室

給哪裡都不想去**只想去角質**的妳

正確的去角質方式，是在沐浴時使用海鹽或去
角質沐浴球，或者是敷上溫泉泥、火山泥，切
記不要在寒風中用乾布摩擦自己的身體，這樣
做的話，比起去角質，可能得先去一趟醫院。

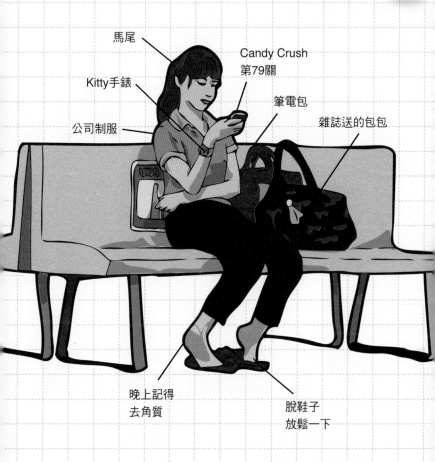

玩手機玩到忘記上車的上班族

馬尾

Candy Crush
第79關

Kitty手錶

筆電包

雜誌送的包包

公司制服

晚上記得
去角質

脫鞋子
放鬆一下

BL15
Houshanpi

後山埤站

站名取自當地昔日埤塘名稱。

Note ✎

★ **觀察時間** 週一、二、五（批貨日）
★ **觀察地點** 1號出口、中坡北路
★ **周邊景點** 五分埔平價成衣市場可以觀察到最新時尚潮流，
　　　　　　又能以便宜價格買個痛快，是許多穿搭達人挖寶地點。聽說
　　　　　　某些店裡有美女店員喔！

喬老師
心動指數

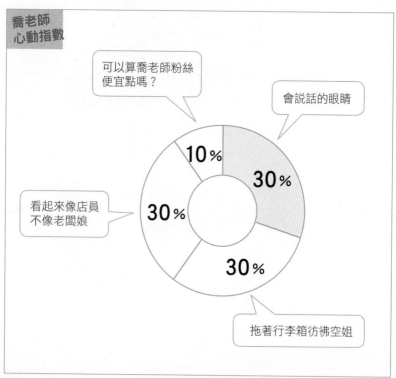

可以算喬老師粉絲
便宜點嗎？

會說話的眼睛

看起來像店員
不像老闆娘

拖著行李箱彷彿空姐

10%

30%

30%

30%

腿超長的批貨女孩

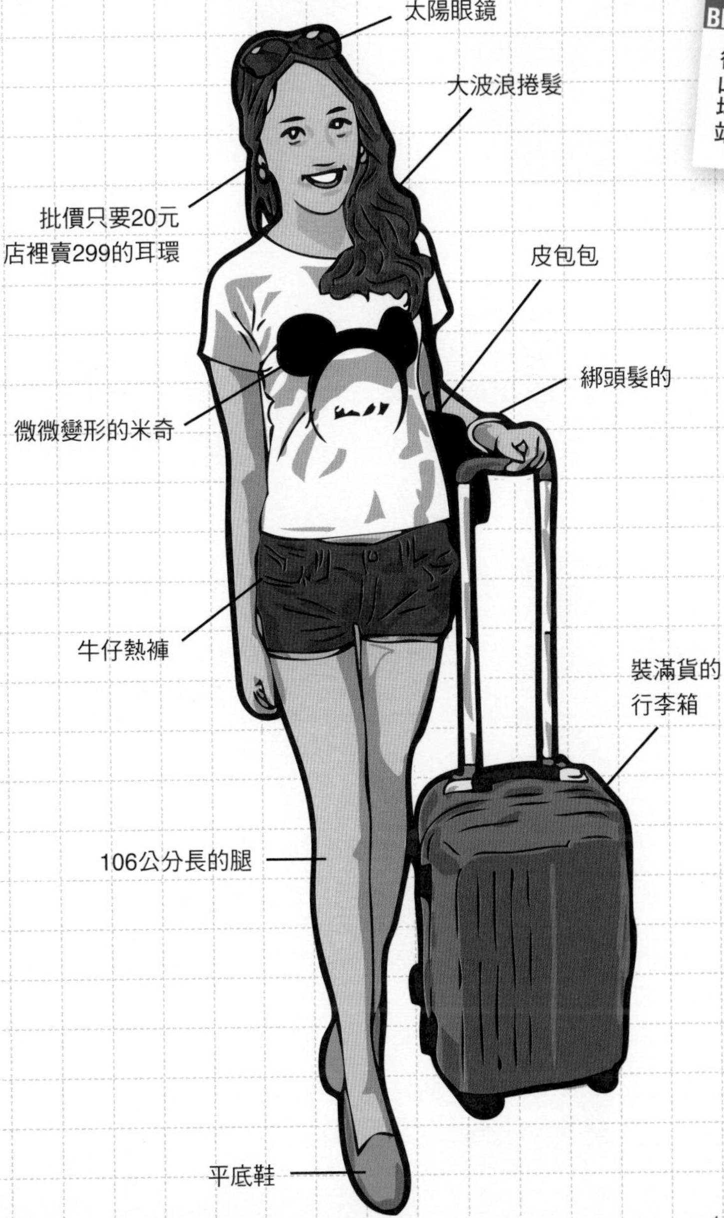

太陽眼鏡

大波浪捲髮

批價只要20元
店裡賣299的耳環

皮包包

綁頭髮的

微微變形的米奇

牛仔熱褲

裝滿貨的
行李箱

106公分長的腿

平底鞋

111

南港線

永春站
Yongchun

BL14

站名取自當地地名永春陂，
其地因當年由福建永春人開墾而得名。

Note

★ **觀察時間** 週間下午1點

★ **觀察地點** 5號出口

★ **周邊景點** 松山路上永春市場內的賈家哈爾濱千層蔥花大餅，
餅皮酥脆、蔥香迷人，是傳統市場中的樸實美味，常常一出爐
就被搶購一空。

**搭訕作戰
會議**

 拿咖啡的那個女生你覺得如何？

 看她的樣子一定是很喜歡超商集點，為了換到喜歡的
贈品只好每天喝咖啡，拿點數過去搭訕準沒錯。

 連這你也看得出來。

 拜託！我喬老師捏！

（過了一會兒）

 有成功嗎？

 人家好像真的只是單純喜歡喝咖啡……

淺咖啡髮色

肩膀邊的圓形小洞
感覺好像是要給醫生看
有沒有接種卡介苗

BL14
永春站

便利商店咖啡

項鍊

名牌手環

絲質上衣

小碎花裙

裝手機就滿了的小包包

絲襪

短筒皮靴

不用上班的女孩

113

南港線

市政府站

Taipei
City Hall

站名取自當地地標台北市政府。

Note ✏

★ **觀察時間** 週日上午11點

★ **觀察地點** 台北市政府前廣場

★ **周邊景點** W Hotel 10樓的游泳池被高聳大樓包圍著，下班後到池畔酒吧喝杯調酒、體驗飯店奢華氛圍，說不定可以看到比基尼美女在泳池中自在悠游？

搭訕作戰
會議

 好像是韓國女孩？怎麼搭訕？

 這時候任何道具，都沒有語言能力來得重要，不才多益800分、日檢N3合格，這正是發揮的好時候。

 啊明明就韓國人……

 你不是地球村民不懂啦！

（過了一會兒）

 有成功嗎？

 他大學主修中文，國語比我還標準……

覺得到處都新鮮的韓國女孩

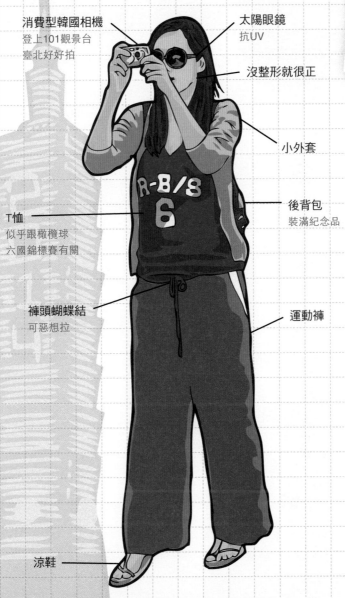

消費型韓國相機
登上101觀景台
臺北好好拍

太陽眼鏡
抗UV

沒整形就很正

小外套

T恤
似乎跟橄欖球
六國錦標賽有關

後背包
裝滿紀念品

褲頭蝴蝶結
可惡想拉

運動褲

涼鞋

115

南港線

BL12
Sun Yat-Sen
Memorial Hall

國父紀念館站

站名取自當地地標國父紀念館。

Note ✎

★ **觀察時間**	天氣晴朗的週末假日
★ **觀察地點**	3號出口、光復南路
★ **周邊景點**	位於松山文創園區的誠品生活松菸店,建築體外

觀由日本建築大師伊東豊雄所設計,除了集結許多優質台灣
品牌在此設店,還有書店、電影院、餐廳、旅館等設施,花一
整天都逛不完。

喬老師
不時尚教室

給想要 按照臉形搭配眼鏡 的妳

基本上圓形或橢圓的鏡框百搭,但圓臉的女孩可
能就得選擇方形或多角形的鏡框;鵝蛋臉的女孩
得避免過大的鏡框,雙頰比較圓潤的女孩就別配
戴太小的鏡框,切記配有鼻子的鏡框是拿來搞笑
或cosplay羞昂的。

愛嘗鮮的食尚玩家

厚瀏海

沒有鏡片

彎腰拍照
要小心曝光

用來裝甜點的
另外一個胃

冰淇淋店門口的假乳牛

自己做的羊毛氈錢包

有點太長的牛仔褲
反摺還是可以穿

ALL STAR

吃完晚上要多跑兩圈操場了

117

南港線

忠孝敦化站

BL11
Zhongxiao
Dunhua

站名取自所在地街道忠孝東路及敦化南路。

Note ✎

★ **觀察時間** 週五、六晚上11點後

★ **觀察地點** 2號出口

★ **周邊景點** 忠孝東路四段170巷內的聽見幸福音樂盒專賣店，
提供客製化訂做音樂盒服務，獨一無二、精緻可愛的原木音樂
盒是表達心意的好選擇。

喬老師
碎碎念

小帽

半遮面

粉紅眼影

小外套
進夜店準備脫掉

BL11
忠孝敦化站

刺青

銷魂香水

戒指

已除

手環

招桃花紅線

進夜店蓋的章

小腹平坦
去健身房的成果

已經準備好
「酒豪傳說」
不怕被撿屍

長腿
等一下要在舞池大跳一番

越夜越美麗的
夜行性女孩

註：「酒豪傳說」為
來自沖繩的解酒錠，
有助於加速新陳代
謝、減少疲勞感。

牛津鞋

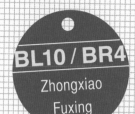

南港線／文山線

BL10 / BR4
Zhongxiao
Fuxing

忠孝復興站

站名取自所在地街道忠孝東路及復興南路。

Note ✐

★ **觀察時間** 週日下午1點
★ **觀察地點** 4號出口
★ **周邊景點** 大安路一段83巷內的香港老友記粥麵館，
燒臘、粥品、麵食無一不美味。遠近馳名的燒臘，來
晚了就吃不到嘍！

喬老師
碎碎念

我超不會應付在捷運出口
拉人幫忙做問卷的女孩。

我都先說自己姓許，她問我許什
麼，我就說「許妳個未來」，
通常她們就會自己走掉了。

被路人拒絕
依舊保持親切的笑容

回眸一笑百媚生

Dior字樣刺青貼
貼在這裡看了好害羞

美背

傳單

裝傳單的產品紙袋

蓬蓬裙公主裝

美腿

化妝品
SHOW GIRL

白色低跟鞋

121

南港線 / 新莊線

忠孝新生站

BL9 / O13
Zhongxiao
Xinsheng

站名取自所在地街道忠孝東路、新生南路。

Note 📝

★ **觀察時間** 週間下午3點

★ **觀察地點** 1號出口

★ **周邊景點** 濟南路三段的虹廬公寓出自國父紀念館建築設計
大師王大閎之手，1樓的四知堂堅持用高級食材，創作養生與
美味兼具的台灣料理，運氣好的話還可以吃到隱藏版甜點。

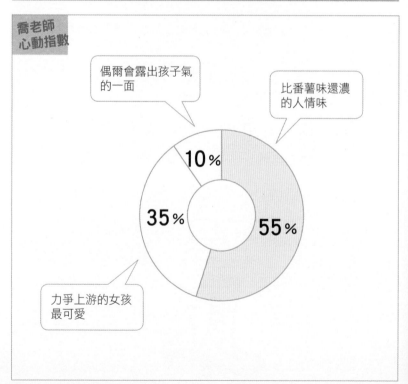

喬老師
心動指數

偶爾會露出孩子氣
的一面

比番薯味還濃
的人情味

10%

35%

55%

力爭上游的女孩
最可愛

幫單親媽媽賣地瓜的女孩

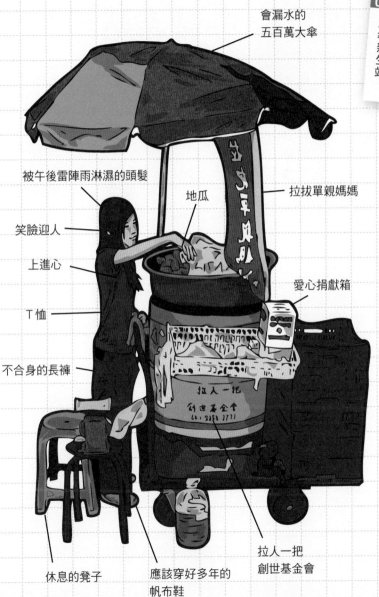

會漏水的
五百萬大傘

被午後雷陣雨淋濕的頭髮

地瓜

拉拔單親媽媽

笑臉迎人

上進心

T恤

愛心捐獻箱

不合身的長褲

拉人一把
創世基金會

休息的凳子

應該穿好多年的
帆布鞋

123

南港線

善導寺站

站名取自當地地標善導寺，善導寺為佛教淨土宗寺廟，其名源於淨土宗始祖唐朝高僧善導大師。

Note ✏️

★ **觀察時間** 週五下午4點，金曲音樂節期間

★ **觀察地點** 忠孝東路二段，華山1914文創園區

★ **周邊景點** 華山市場2樓阜杭豆漿是老台北最愛的早點名店，麵香四溢、咬勁十足的厚燒餅配上一碗熱豆漿，排隊很久也值得了。

搭訕作戰會議

 好有爆發力的歌聲，這是哪位歌手啊？

 她的名字是管罄，從小就參加選秀節目，經過一番蟄伏後，最近終於發了第一張個人專輯。

 現在唱的這首歌歌名是？

 《事後菸》，用大膽直接的歌詞，描述愛情裡的佔有慾，而且詞曲都是她一手包辦的喔！

（過了一會兒）

 有成功嗎？

 當然，管罄可是喬老師大學同班同學呢！

爆發力十足的嗓音
喬老師大學同班同學（驕傲）

三角形耳環

麥克風

刺青

牛奶膚

披風？

短褲

絲襪

厚底高跟鞋

BL8
善導寺站

金曲音樂節
表演歌手

南港線/小南門線

西門站

BL6 / G13
Ximen

站名取自當地地名西門町,清朝時所建西城門位於今遠東百貨大門前,而「町」是日治時代地方區域的單位名稱。

Note ✏

★ **觀察時間** 週末假日上午11點

★ **觀察地點** 6號出口、漢中街

★ **周邊景點** 西門紅樓為三級古蹟建築,發展成為台北市西區文化創意產業的中心。有創意市集、音樂戲劇展演空間之外,同志酒吧也是特色之一。

喬老師
碎碎念

我的老家台南捷運原本規劃有綠線、紅線、藍線,我家就住在B11水萍塭公園站一帶,後來計畫被交通部駁回,改成輕軌又被駁回……

府城捷運,感覺可以設計得很有味道的說……

太陽眼鏡

西門町人好多

鎖骨

好擠

吊帶褲

問卷調查跟
社團賣東西的
不要來

今天的計畫是：
阿宗麵線
＋
賽門甜不辣
＋
成都楊桃冰

後背包

誤闖天龍國的女孩

肉色涼鞋

板橋線

龍山寺站

BL5
Longshan
Temple

站名取自所在地北邊的古蹟艋舺龍山寺。

Note ✎

★ 觀察時間	週六上午11點
★ 觀察地點	1號出口
★ 周邊景點	廣州街上龍都冰菓專業家，開業超過90年，料多味美始終如一，八寶冰是必點招牌冰品。

喬老師
碎碎念

單身的人總是會這樣想，
月老該不會吃完肉粽，一不小心
就把白線綁到我的小指頭上了吧？

所以應該要建議月老
跟上時代，改成Wi-Fi，
而且不要設密碼。

求姻緣的櫻花妹

淺色長髮

粉紅色鏡片墨鏡

很多痣

超白的膚色

旅遊書

亮皮包包

求姻緣的紅線

腰帶

手飾

點點洋裝

白短襪

厚底鞋

板橋線

江子翠站

BL4
Jiangzicui

站名取自當地名。華江橋一帶從前是一片翠綠的三角區域，為了和光復橋的番社港仔嘴區別，故取閩南語發音相同而字相異的「江子翠」。

Note ✐

★ **觀察時間** 週間晚上6點

★ **觀察地點** 車站月台

★ **周邊景點** 位於雙十路二段的豐華小館雖是鼎鼎有名的江浙餐廳，店面裝潢卻很低調，有些經典菜色如紅白獅子頭、脆皮雞，要預約才吃得到喔！

喬老師
碎碎念

台中捷運除了興建中的綠線（烏日文心北屯線）外，目前藍線（靜宜大學至台中車站）是採用公車捷運系統BRT的方式來營運，未來BRT還會再增加橘、黃、棕、紫、金五條路線。

BRT女孩觀察日誌感覺也很有趣呢！

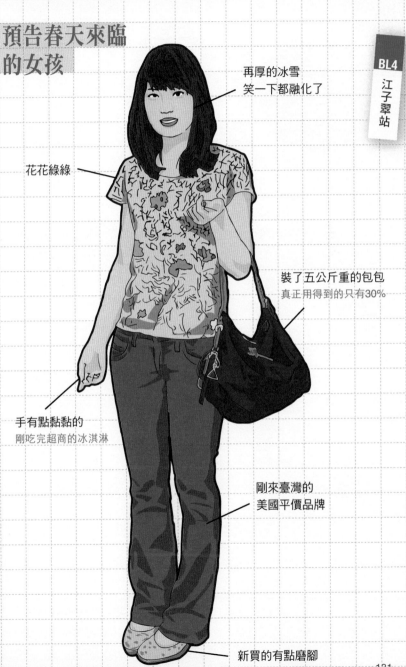

預告春天來臨
的女孩

再厚的冰雪
笑一下都融化了

花花綠綠

裝了五公斤重的包包
真正用得到的只有30%

手有點黏黏的
剛吃完超商的冰淇淋

剛來臺灣的
美國平價品牌

新買的有點磨腳

131

板橋線

新埔站

Xinpu

BL3

站名取自當地地名，「埔」是未開墾荒地的意思，新埔就是新開發的平原。

Note ✎

★ **觀察時間** 週間下午5點

★ **觀察地點** 5號出口

★ **周邊景點** 板橋以眾多優秀大腸麵線店家聞名，莊敬路上的伯利恆大腸麵線，跟一般大腸麵線比起來口味較清爽，滷大腸令人齒頰留香。

喬老師
心動指數

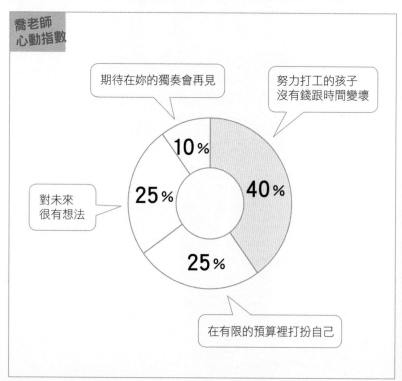

期待在妳的獨奏會再見

努力打工的孩子
沒有錢跟時間變壞

對未來
很有想法

10%

25%

40%

25%

在有限的預算裡打扮自己

剛剛上的樂理學

學音樂的孩子不會變壞

二手市場買的毛衣

超商咖哩飯
吃完就得趕去
上家教了

不合身的大外套
也是跳蚤市場買的

文青帆布包
都是譜

半工半讀的女大生

運動鞋
走路省車錢

板橋線

BL2
Banqiao

板橋站

站名取自當地地標板橋車站。

Note ✎

★ **觀察時間** 週間晚上10點

★ **觀察地點** 站前路

★ **周邊景點** 板橋的早午餐店儼然成為地方特色，裝潢走工業風格的merci café，餐點飲品選擇多樣、價格平實，味道可是一點都不馬虎。

喬老師
碎碎念

捷運末班車上，總會見到這樣的中年人，他們滿臉通紅望著窗外，眼神裡有三分寂寞、七分沉穩，其他九十分是剛剛喝太多現在快吐了。

還會碰到節儉搭捷運跑趴的夜店妹。

下手有點重的妝

今天忍不住花1/3個月
薪水買的保養品

忘了拆掉的名牌

蘋果系列手機

品牌名錶

使用公司購物袋
裝隨身個人用品

CHANEL

專櫃制服

走出公司後
的櫃姐

輕便包鞋

板橋線

府中站
BL1
Fuzhong

站名取自附近街道府中路。

Note

★ **觀察時間**	週間上午9點
★ **觀察地點**	3號出口
★ **周邊景點**	到「府中15新北市動畫故事館」除了可以看展覽外，還有紀錄片放映院以及全國首創的嬰兒車電影院！爸媽可以安心帶嬰幼兒看電影，實在是太貼心了。

喬老師
心動指數

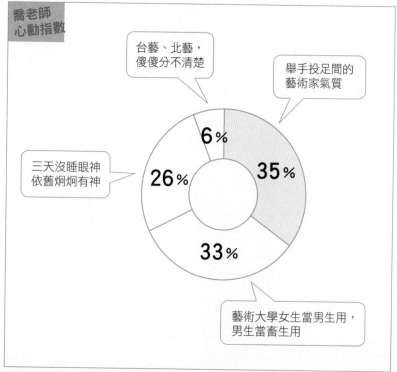

台藝、北藝，傻傻分不清楚

舉手投足間的藝術家氣質

三天沒睡眼神依舊炯炯有神

6%

35%

26%

33%

藝術大學女生當男生用，男生當畜生用

特立獨行的藝大女孩

台藝大在府中下車；
北藝大在關渡下車

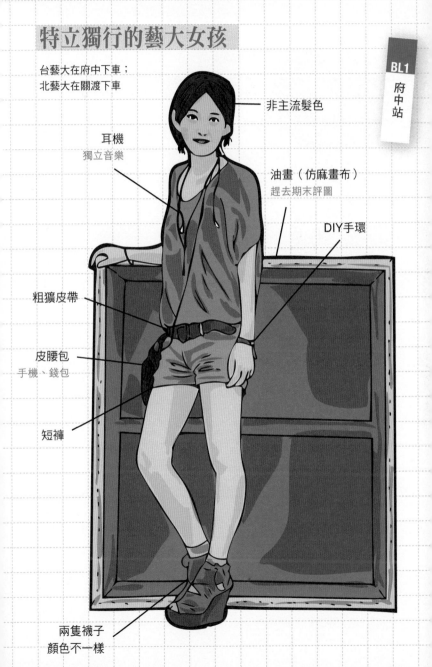

非主流髮色

耳機
獨立音樂

油畫（仿麻畫布）
趕去期末評圖

DIY手環

粗獷皮帶

皮腰包
手機、錢包

短褲

兩隻襪子
顏色不一樣

土城線

亞東醫院站

站名取自當地地標亞東醫院。

Note ✎

★ **觀察時間** 週間下午2點

★ **觀察地點** 捷運車廂內

★ **周邊景點** 大漢溪畔浮洲藝術河濱公園擁有遼闊的沼澤濕地景觀及自行車道,浮洲橋下還有成群山羊!據説是很久以前公園管理處接手照顧民眾放養的羊群。

搭訕作戰會議

 觀察那個穿藍色條紋的女孩好嗎?

 很有夏天的感覺呢!

 她好像在讀日文?

 真的嗎?那就交給我出馬,
我還可以順便推薦她幾個實用的日文學習app。

(過了一會兒)

 有成功嗎?

 已經有日本籍男友可以教她了……

清爽的馬尾

日文的動詞變化
太複雜了吧

海軍藍

把握時間進修
的小資女

跟衣服同一系列的包包
今天的dress code是海軍

藍色短裙

留給有需要的人坐

藍色涼鞋

土城線

海山站

BL39
Haishan

站名取自當地街道海山路及學校海山高工，
海山高工現已改名為新北高工。

Note ✎

★ **觀察時間** 週間晚上8點

★ **觀察地點** 2號出口

★ **周邊景點** 溪洲運動河濱公園沿大漢溪從土城延伸到板橋，
公園內有大片紅土鋪成的運動場，以及自行車道、籃球場、
羽球場、溜冰場等設施，也是大型犬可以盡情奔跑的樂園喔。

喬老師
碎碎念

捷運上帶著寵物貓就可以看到這樣的場景：
之前還板著晚娘臉的女孩，看到貓後一秒變臉，
拉拉男友的衣角說：「你看，有卯~謎耶！」

都不曉得在那些女孩眼中，
可愛的到底是貓，
還是裝可愛的自己。

抱狗等男友來接的女孩

手機
男聲：我快到了
(人還在召喚峽谷)

為什麼還沒出門？

運動外套

包包

短褲

狗領巾

夾腳拖

購物袋

註：召喚峽谷，2009年10月發行之網路遊戲《英雄聯盟》中的虛擬地點之一。

土 城 線

土城站

BL38
Tucheng

站名取自當地地名。土城區昔日為原住民漁獵之區，清朝初年便有先民來此開墾，設土牆防禦原住民入侵，所以稱此地為「土城」。

Note ✎

★ **觀察時間** 週末假日上午9點

★ **觀察地點** 金城路一段

★ **周邊景點** 附近許多精品汽車旅館是舉辦派對的理想場地，如艾蔓精緻旅館的Villa房，除了按摩浴缸、水療SPA、空中花園外，還有漂亮的私人泳池！

喬老師
心動指數

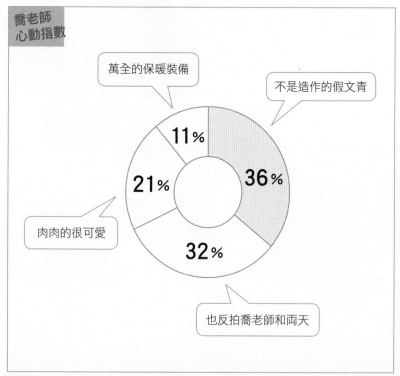

萬全的保暖裝備

不是造作的假文青

11%

36%

21%

肉肉的很可愛

32%

也反拍喬老師和兩天

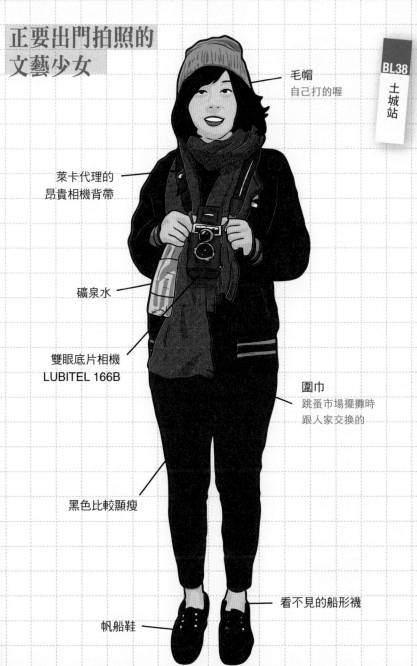

正要出門拍照的
文藝少女

毛帽
自己打的喔

萊卡代理的
昂貴相機背帶

礦泉水

雙眼底片相機
LUBITEL 166B

圍巾
跳蚤市場擺攤時
跟人家交換的

黑色比較顯瘦

看不見的船形襪

帆船鞋

143

土城線

永寧站

BL37
Yongning

站名取自與車站相鄰之里名（永寧里、永寧路）。

Note ✐

★ **觀察時間** 平日上午9點

★ **觀察地點** 中央路三段

★ **周邊景點** 從2號出口沿承天路一直走可達桐花公園，5月桐花季時樹梢開滿雪白油桐花，落花覆蓋步道的景象十分唯美浪漫。

喬老師
不時尚教室

給想要用**民族風look**出門的妳

服裝以顏色鮮明、強烈對比的印花圖案（暖色系或大地色系）為主，加上草編、藤編、皮製品等自然元素更好，切記不需要太細節的民族設定，比方說住在東非大草原，最討厭西方文明等。

笑盈盈的機車女孩

頭髮一定要塞到安全帽裡

包包要背在身上
放前踏墊會被搶

鎖骨

照後鏡
擦的啵亮

阿嬤求的平安符

Elva代言機車

民族風寬鬆褲

勃肯鞋

145

Route 4 🖉

>>> 綠線
Green Line

- 新店線
- 小南門線
- 小碧潭支線

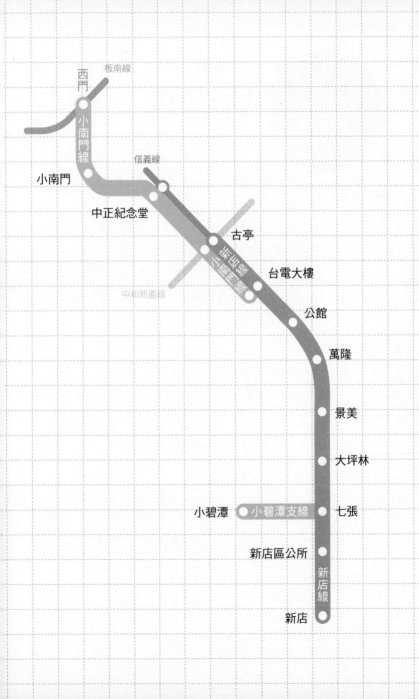

GREEN LINE

新店線

新店站
Xindian

G1

站名取自當地地名。清嘉慶末年，有人在新店溪出山口一帶開店，這裡和下游的「店子街」相比，是比較新的商店區，故稱「新店」。

Note ✎

★ **觀察時間** 週間早上7點
★ **觀察地點** 捷運車廂內
★ **周邊景點** 碧潭風景區中的碧潭與彩虹般的吊橋是著名約會勝地，可以在腳踏船上談情說愛，夜景也很浪漫。還可以轉乘客運到烏來泡溫泉、逛老街，這樣的行程一定可以讓感情迅速加溫。

喬老師心動指數

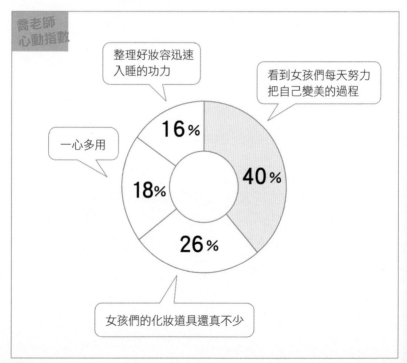

整理好妝容迅速入睡的功力

看到女孩們每天努力把自己變美的過程

一心多用

16%

40%

18%

26%

女孩們的化妝道具還真不少

148

等待發車長途跋涉到北投上班的女乘客

把握搭車的時間化妝

粉餅

鏡子

手很穩
畫眼線、夾睫毛都能順利完成

珠珠手環

包包
還是梳妝台

購物袋
幫無法收掛號的
同事收的包裹

連身黑洋裝

黑絲襪

149

新店線

G2
Xindian District
Office

新店區公所站

站名取自當地公共建物新店區公所。

Note ✎

★ **觀察時間** 週六下午1點

★ **觀察地點** 北新路一段

★ **周邊景點** 崇光女中附近的華中街上，台南二空新村涼麵
飄著濃濃的眷村媽媽味，將麵條與涼粉皮、醬汁拌在一
起，撒上花椒粉，濃郁而清爽的滋味讓人胃口大開。

喬老師
不時尚教室

給想成為**森林系女孩**的妳

服裝以寬鬆舒服的剪裁、輕柔色調或大地色系
為宜，想冒險的話可試試加上藤蔓時蔬裝飾，
切記別搞錯打扮成林森系女孩唷！

森林系女孩

大地色系及肩髮型

清新的氣色

碎花連衣裙

能量水晶項鍊

大地色帆布包
裡面可能躲著小松鼠

中筒襪

復古皮鞋

新店線

七張站

Qizhang

站名取自當地地名。七張的意思是指這個區域當時有七個人、七張犁具在耕作，古時候尚未有地號名，故以七張名之。

Note ✎

★ **觀察時間** 週間下午6點

★ **觀察地點** 車站月台

★ **周邊景點** 除了出產世界冠軍拔河隊、制服號稱全台最美的景美女中之外，附近還有耕莘健康管理專科學校，本站出現黃衫美少女及白衣天使的機率很高！

搭訕作戰會議

 如果要跟那位同學搭訕，該準備什麼好？
看了會拿高分的聯合報？

 我覺得應該要動之以情，用歌唱來表達誠意。

 唱什麼歌啦？你自以為偶像歌手喔！

 《小小校歌》啊！每位校友，包括陳綺貞都會唱喔，「我有個她，美麗風華，人人都說，景美之花……」

（過了一會）

 有成功嗎？

 成功搭上話了……跟教官。

有點緊張的
志氣女孩

留了1135天的黑直長髮

「那我站這樣子
可以嗎？」
有點緊張的問

黃色制服

橡皮筋
長髮女生必備

運動褲

書包
有點重

便當袋
小鳥食

補習前最喜歡打排球

帆布鞋

153

小碧潭支線

小碧潭站
G1A
Xiaobitan

站名取自當地地名，而觀光景點「碧潭」的
位置離新店捷運站較近。

Note ✎

★ **觀察時間** 週六上午8點

★ **觀察地點** 2號出口、中央路

★ **周邊景點** 從小碧潭站沿著新店溪到陽光橋，是風景優美
的慢跑路線。中央路巷子裡的山東餃子館是排隊名店，
酸菜白肉鍋料多味美，白菜酸香令人食指大動。

搭訕作戰
會議

 我想畫跑步那個女孩！

 耳機、護腕……

 你在碎碎唸什麼？

 我在看她身上有沒有缺什麼，有準備才比較好搭話，
嗯……運動飲料好了，補充水份跟電解質。

（過了一會）

 有成功嗎？

 她跑好快我追不上……

正在盤算今天吃的卡路里
還有等一下要不要跳鄭多燕

慢跑的女孩

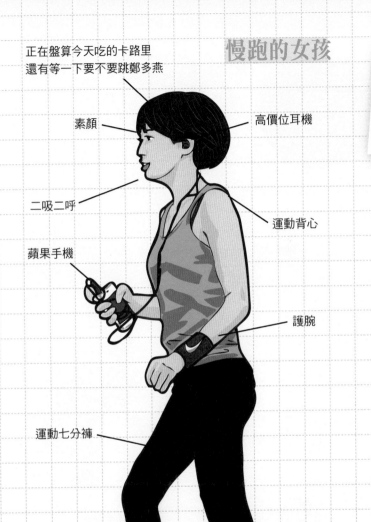

素顏

高價位耳機

二吸二呼

運動背心

蘋果手機

護腕

運動七分褲

慢跑鞋

155

新店線

大坪林站

G4
Dapinglin

站名取自當地地名，昔日由於此地地勢平坦、森林密佈，故以大坪林名之。

Note

★ **觀察時間** 週間晚上9點

★ **觀察地點** 捷運車廂內

★ **周邊景點** Peace & Love Café店主是2012年代表台灣參加世界盃咖啡大師大賽的簡嘉程先生。在這裡點熱卡布奇諾，會來兩杯奶量不同的咖啡，品嚐咖啡多種口味層次。

喬老師碎碎念

只有我覺得在列車停靠前，移動到離閘門最近的車廂等開門，其實有點帥氣嗎？

我也是，如果是地下站或要轉乘其他路線時，就換成離電扶梯最近的車門。

該預約髮型設計師了
每天都加班，空不出時間去整理

正在回Mail

小羊皮皮夾

帆布包

電腦包

很春天的洋裝

長外套

**總是加班的
上班族**

不用扶就站很穩
天天坐捷運練出來的

有寶石的涼鞋

新店線

G5
Jingmei

景美站

站名取自當地地名，此地名是由「梘尾」而來，「梘」是一種灌溉設施，過石碇溪為「梘尾」，台語讀音如「景馬」，後來才把尾字改成美。

Note ✎

★ **觀察時間** 週間上午11點

★ **觀察地點** 2號出口

★ **周邊景點** 景興路上味自慢居酒屋開業多年，人氣及評價維持不墜。樸實美味的料理、親切如招呼家人的服務，在客人心中留下溫暖難忘的回憶。

喬老師
碎碎念

我想去請教攝影女孩我的鏡頭是否壞了？因為不管我怎麼拍也拍不出她在我眼底的樣子。

我想壞的不是鏡頭，而是你的腦子。

器材比體重還重的女大生

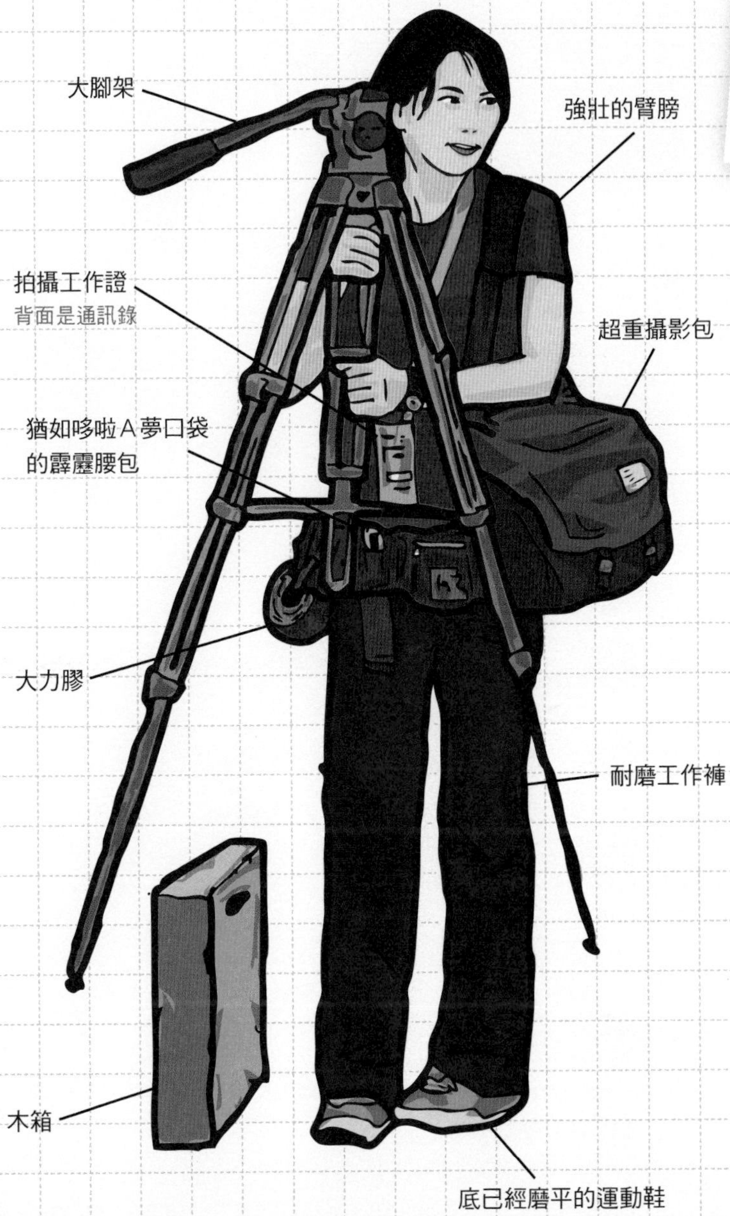

大腳架

強壯的臂膀

拍攝工作證
背面是通訊錄

超重攝影包

猶如哆啦A夢口袋
的霹靂腰包

大力膠

耐磨工作褲

木箱

底已經磨平的運動鞋

159

新店線

萬隆站

G6
Wanlong

站名取自當地區域名萬隆里。

Note ✎

★ **觀察時間** 週日下午2點

★ **觀察地點** 羅斯福路五段

★ **周邊景點** 景福街9號阿侯的店，主要賣羊肉爐與薑母鴨等暖呼呼料理，也有滋味絕佳的家常下酒菜。老闆是攝影記者出身的侯聰慧，來客多為媒體人、老少文青。

搭訕作戰會議

 你看那個在滑蛇板的女孩！

 長得很有中國味呢！

 嗯⋯⋯所以我們拿運動飲料過去搭訕？

 不行，太老套了，不如過去請她教我蛇板。

（過了一會）

 有成功嗎？

 我摔慘了⋯⋯

包包頭

超有魅力的丹鳳眼

純棉T恤

愛運動的女生
身材都很好

帆布腰帶

金錶

手環

很緊的牛仔褲

MIT鞋

練習蛇板的
丹鳳眼女孩

蛇板

新店線

公館站

G7
Gongguan

站名取自現有地名，清代政府在此地設官署，
負責處理課稅納糧事務，故名公館。

Note ✎

★ **觀察時間** 週末假日下午2點
★ **觀察地點** 寶藏巖國際藝術村
★ **周邊景點** 寶藏巖歷史聚落是戰後由榮民、城鄉移民與都市
　原住民等，在都市邊緣山坡地上自力造屋而形成。聚落現
　址規劃為國際藝術村，除了裝置藝術外，常常有展演活動可
　參與，兩天工作室也曾是駐村藝術家喔。

喬老師
碎碎念

接下來幾年內，台北捷運按計畫
還會有松山線、永寧延伸至頂埔、
環狀線、象山延伸至中坡、新莊機
廠站、萬大線陸續完工通車喔！

好險我們先出書，
不然怎麼畫得完！

為什麼把我拍的那麼胖
刪掉、刪掉

長袖既防曬又不怕小黑蚊

大人的科學雙眼相機
自己組裝的

要知道時間還是戴手錶好

到寶藏巖探險
的女孩

白色長褲
好朋友來不能穿

有一點小山路

163

GREEN LINE

小南門線

台電大樓

G9
Taipower
Building

站名取自附近地標台電大樓。

Note ✎

★ **觀察時間** 週間晚上8點

★ **觀察地點** 師大夜市

★ **周邊景點** 老房子改造而成的「找到咖啡」隱身於靜謐巷弄
中，日式木造房舍、灰色屋瓦別具復古風味。來這裡除了喝下
午茶外，也可以到隔壁「找到魔椅」逛逛歐風雜貨及傢飾品。

喬老師
不時尚教室

給想秀出 **好看自拍** 的妳：

首先下載美照app，然後找到自己上相的角
度，站在向光處，鏡頭對著自己下斜45度角，
手臂能伸多遠就多遠，多拍幾張以供選擇，如
果能擠點溝溝更好，切記別犯了到哪打卡，結
果都是自拍照的錯誤。

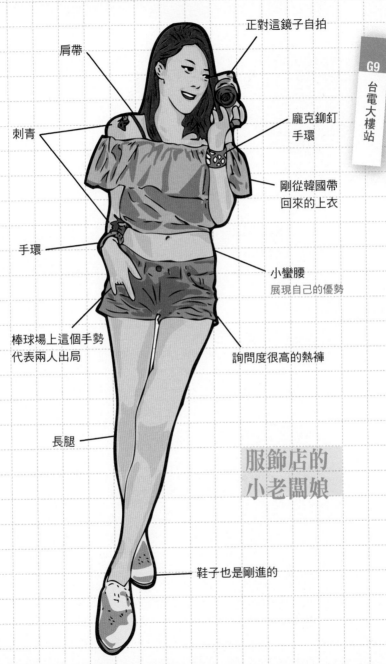

正對這鏡子自拍

肩帶

龐克鉚釘
手環

刺青

剛從韓國帶
回來的上衣

手環

小蠻腰
展現自己的優勢

棒球場上這個手勢
代表兩人出局

詢問度很高的熱褲

長腿

服飾店的
小老闆娘

鞋子也是剛進的

G9
台電大樓站

小南門線 / 中和線

古亭站

G10 / O15
Guting

站名取自當地地名，地名由來有一說法是因清朝時此地為稻米產地，設立了許多儲糧倉，而被稱為古亭。

Note

★ **觀察時間**	週六下午3點
★ **觀察地點**	羅斯福路二段
★ **周邊景點**	汀州路二段康樂意小吃店，包子是遠近馳名的鎮店之寶，現揉麵皮香Q有勁，有肉包、菜肉包、豆沙包三種口味可選擇，小小包子給味蕾帶來大大滿足。

搭訕作戰會議

 剛聽到她在講手機，好像要去打球。

 穿這樣打球？

 可能是陪男朋友去打球的吧！

 剛好我最近迷上棒球記錄表，可以送她幾張，順便教她怎麼畫，這樣看男友打球就不無聊了。

（過了一會）

 有成功嗎？

 原來他們約打籃球……

陪男友去打球的女孩

大墨鏡
戴起來感覺像明星

露肩
一直滑下來

鐵塔項鍊
去巴黎買的

能量飲料
多C多健康

卡通造型手錶

皮製大包
帶iPad看韓劇
陪打球才不無聊

上了一層防曬

拖鞋

167

G11 / R11
Chiang Kai-Shek
Memorial Hall

小南門線/信義線

中正紀念堂站

站名取自所在地東北側地標名勝中正紀念堂。

Note

★ **觀察時間**	週間晚上8點
★ **觀察地點**	5號出口
★ **周邊景點**	羅斯福路一段上的金峰魯肉飯，開業二十餘年，
	店門口總是大排長龍。香噴噴的魯肉飯、筍乾、油豆腐，
	加上一盅熱湯，就是豐盛又滿足的一餐。

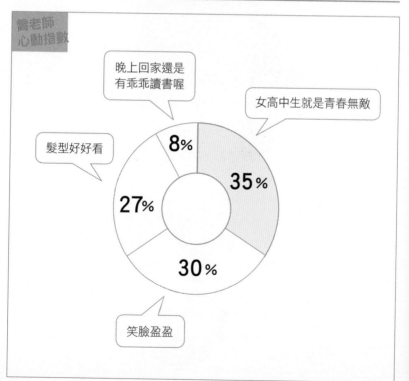

喬老師
心動指數

晚上回家還是
有乖乖讀書喔

女高中生就是青春無敵

髮型好好看

8%

35%

27%

30%

笑臉盈盈

青春洋溢公主頭

二公尺內都
聽得到的耳
機音量

女子高中體育服

別滿徽章
的背包

日本品牌手機

**練完舞的
高中女生**

綁便當的橡皮筋

手搖杯

運動短褲

護膝

亮皮運動鞋

小南門線

小南門站

G12
Xiaonanmen

站名取自所在地附近古蹟台北府城小南門。

Note ✎

★ **觀察時間** 週日上午
★ **觀察地點** 車站月台
★ **周邊景點** 中華路一段95巷內的樺林乾麵,可以吃到以蔥花、豬油拌製而成的傻瓜乾麵,亦有「福州乾麵」之名。簡單素樸的平民美食,加上辣油、烏醋以及辣渣就是香辣升級版。

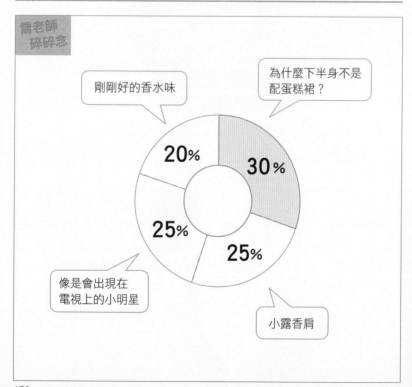

喬老師
碎碎念

剛剛好的香水味

為什麼下半身不是配蛋糕裙?

20%

30%

25%

25%

像是會出現在電視上的小明星

小露香肩

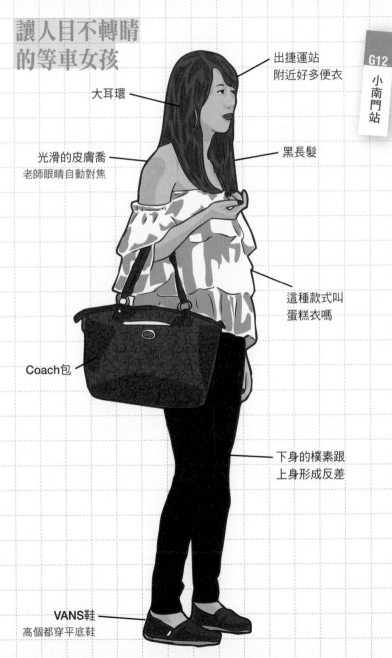

讓人目不轉睛
的等車女孩

大耳環

出捷運站
附近好多便衣

光滑的皮膚喬
老師眼睛自動對焦

黑長髮

這種款式叫
蛋糕衣嗎

Coach包

下身的樸素跟
上身形成反差

VANS鞋
高個都穿平底鞋

171

Route 5

>>> 橘線
Orange Line

- 中和線
- 新莊線
- 蘆洲線

中和線

O19
Nanshijiao

南勢角站

站名取自當地地名，清乾隆年間福建漳州人
呂德進來此地開墾時，由於此地位於中和地區
南方山麓，故以南勢角名之。

Note ✐

★ **觀察時間** 夏季週日上午10點

★ **觀察地點** 興南路一段

★ **周邊景點** 新北市為新住民人口最多的城市，而中和區南勢
角聚集最多緬甸僑民。每年四月中旬在華新街都會舉辦潑水
節，是緬、泰慶祝新年的傳統盛事，去除災厄、為來年祈福。
來此地體驗異國風情的同時，記得做好防水準備喔！

喬老師
碎碎念

你看！那個女孩
笑起來好陽光喔！

我先擦一下防曬，
萬一被曬傷就不好了。

剛植好睫毛

太陽眼鏡

性感厚唇

注意隨時補充水分

事業線

LOVE

晴雨兼用

雜誌附贈的購物包

長洋裝
很通風

對抗酷暑的女孩

厚底夾腳拖
長高5公分

ORANGE LINE

中和線

O18
Jingan

景安站

站名取自當地街道景安路。

Note ✏️

★ **觀察時間** 夏季週間午後

★ **觀察地點** 景平路口

★ **周邊景點** 「私藏不藏私」是鄉村風格雜貨小舖，架上琳瑯
滿目的小物教人愛不釋手。私藏食堂供應現點現做的輕食
飲品，如同到朋友家做客一般溫馨。

喬老師
碎碎念

曾經在捷運上聽過這樣的拌嘴，
男孩問「妳為什麼對我總是那麼機車？」
女孩回答「那你怎麼還不來騎我。」

我被閃瞎了。

努力防曬的女騎士

有安全標章的安全帽

抗UV護目鏡

防曬手套

幾乎可以遮到脖子的口罩

只剩一隻照後鏡
而且還鬆鬆的

反穿的外套

彩度高的洋裝

停紅綠燈拿的
房屋廣告單
一輩子不吃不喝
也買不起

機車車箱
全聯的小熊餅乾終於補貨
等等跟同事一起搶

很熱還是要穿內搭褲

小羊皮包

唯一露出的部分

厚底高跟涼鞋

177

中和線

永安市場站

O17
Yongan Market

站名取自所在地附近地標永安市場。

Note 📝

	★ **觀察時間** 11月週間某天早上
	★ **觀察地點** 捷運車廂內
	★ **周邊景點** 智光街22號客家小館是永和地區名店之一，雖然店名取作客家，菜色豐富、選擇多樣，每一道皆色香味俱全，適合闔家光臨或多人聚餐，才能嚐到各式各樣的美饌喔！

搭訕作戰
會議

 戴耳機看書的那個女孩很不錯！

 馬尾加分！

 可是我們兩個老灰仔該怎麼跟女學生搭話？

 我們不是有在國語日報社《中學生報》上連載嗎？用這個切入話題應該會比較輕鬆吧！

（過了一會）

 有成功嗎？

 她說比較喜歡其他插畫家……

期中考週的K書女孩

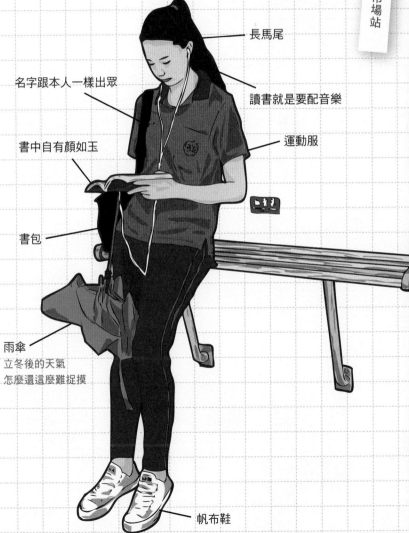

長馬尾

名字跟本人一樣出眾

讀書就是要配音樂

書中自有顏如玉

運動服

書包

雨傘
立冬後的天氣
怎麼還這麼難捉摸

帆布鞋

中和線

O16
Dingxi

頂溪站

站名取自當地地名，
頂溪意思是溪洲（永和舊名）靠河的頂端。

Note ✎

★ **觀察時間** 週末下午1點

★ **觀察地點** 車站月台

★ **周邊景點** 復興街36號小小書房是一間獨立書店，以販售藝文類書籍為主，也舉辦讀書會、紀錄片放映、各式藝文相關課程活動，堪稱台灣最活躍有生命力的獨立書店。想要提升心靈飽滿度、充實人文素養的話，來逛小小書房準沒錯。

喬老師碎碎念

如果隔壁乘客睡得超誇張，
別說睡在肩上，根本睡進你懷裡了
該怎麼辦？

如果是男孩就報警處理，
女孩就抱緊處理。

酒紅色頭髮

折疊傘

大耳環

軍綠色連帽外套

塑料亮皮包

牛仔短褲

不怕下雨
的女孩

H牌雨鞋

新莊線／信義線

東門站

O14 / R10
Dongmen

站名取自該站周邊的地區名。

Note

★ **觀察時間** 週間下午2點

★ **觀察地點** 信義路二段

★ **周邊景點** 永康街與麗水街為台北人文薈萃、美食聚集的觀光勝地,不僅是鼎泰豐、高記等名店發跡之地,形形色色、風情各具的咖啡店也是特色之一。往金山南路還有東門餃子館、永康牛肉麵等久負盛名的老店。

喬老師
心動指數

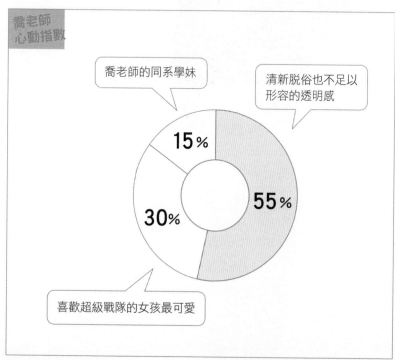

喬老師的同系學妹

清新脫俗也不足以
形容的透明感

15%

55%

30%

喜歡超級戰隊的女孩最可愛

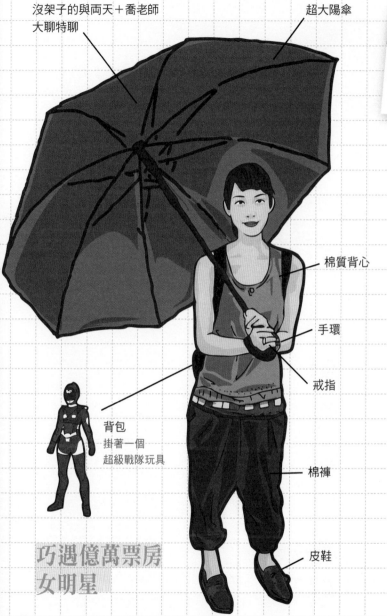

沒架子的與両天＋喬老師
大聊特聊

超大陽傘

棉質背心

手環

戒指

背包
掛著一個
超級戰隊玩具

棉褲

皮鞋

巧遇億萬票房
女明星

新莊線

O12
Songjiang
Nanjing

松江南京站

站名取自當地街道松江路及南京東路。

Note

★ **觀察時間**	週間上午11點

★ **觀察地點** 8號出口、松江路

★ **周邊景點** 「伊通公園」是一棟老公寓改建而成的藝術展演
空間，由一群藝術家成立於1988年。空間雖小，卻持續提供
和開放給當代藝術創作者展演的機會，在台灣當代藝術發展
史上扮演著舉足輕重的角色。

搭訕作戰
會議

 騎U bike的女孩好可愛，不過那把蔥也太奇怪了吧！

 要不要拿我剛買的蛋去搭訕看看？

 我這輩子沒聽過有人拿生雞蛋搭訕的。

 爭取時間，說不定晚點她就騎走了。

（過了一會）

 有成功嗎？

 居然成功！
她邀我們晚上到她打工的店裡一起吃蔥花蛋。

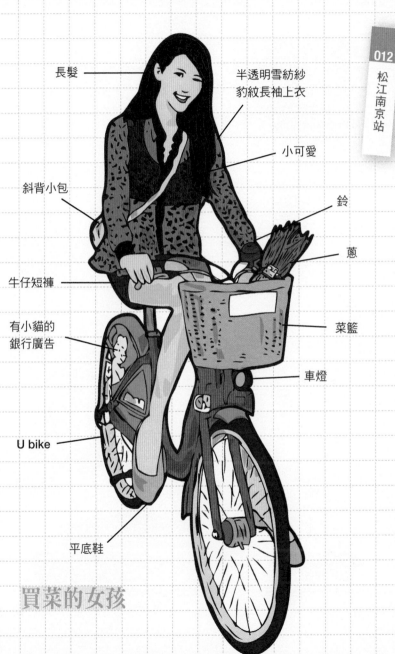

長髮

半透明雪紡紗
豹紋長袖上衣

小可愛

斜背小包

鈴

蔥

牛仔短褲

菜籃

有小貓的
銀行廣告

車燈

U bike

平底鞋

買菜的女孩

新莊線

行天宮站

O11
Xingtian Temple

站名取自附近著名寺廟行天宮。

Note

★ **觀察時間** 週間中午12點

★ **觀察地點** 車站月台

★ **周邊景點** 巷弄裡的點心店「時常在這裡」,走進店裡彷彿
時光倒流。店的前半部陳列質感溫潤、造型復古的日本雜貨;
後半部則是喝茶吃點心的座位,前一天晚上會在臉書上公布
點心種類,限量供應,每一種甜點都吃得到細膩用心。

喬老師
碎碎念

我們整天搭訕別人,
但好像都沒有被搭訕過喔?

有啊!如果
「先生,你包包沒關好。」
算的話……

柔順的頭髮
是因為用了S牌
洗髮乳

H牌手機

S牌機芯手錶

吃了A牌保健藥品
完全沒有宿便

韓系網拍買來的包包

都會幹練西裝七分褲

正在找F牌
衛生紙的OL

厚底涼鞋
不小心踩到水坑，
腳都溼了

新莊線

O10 中山國小站

Zhongshan Elementary School

站名取自附近地標中山國小。

Note ✎

★ **觀察時間** 週末假日前一天下午5點

★ **觀察地點** 4號出口

★ **周邊景點** 中原街上L'age熟成餐廳門面十分低調，店裡不超過30個座位，小酒館風格的裝潢讓人十分放鬆。選用的食材與擺盤看得出主廚誠意十足，麵包、甜點也是手工自製，是一家物超所值的餐廳。

喬老師碎碎念

因為高雄捷運運量不足，所以目前除了規劃公車捷運系統BRT外，未來幾年也會有台鐵捷運、環狀輕軌的陸續完工跟原有路線做配合。

而且聽說在2015年會通車的輕軌哈瑪星高雄港站，可以搭乘跨港纜車直到旗津喔！

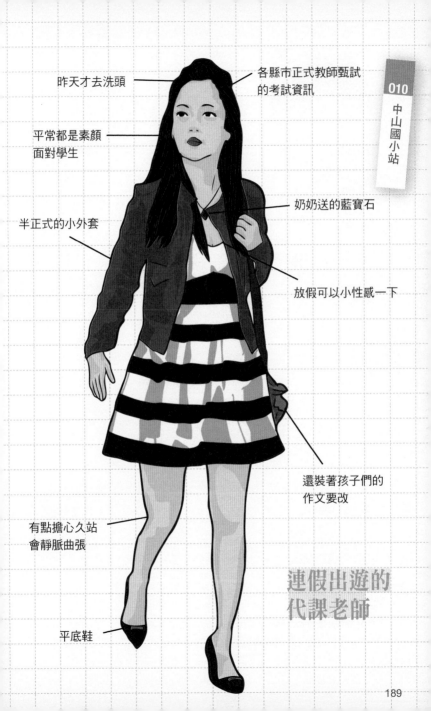

昨天才去洗頭

各縣市正式教師甄試
的考試資訊

平常都是素顏
面對學生

奶奶送的藍寶石

半正式的小外套

放假可以小性感一下

有點擔心久站
會靜脈曲張

還裝著孩子們的
作文要改

連假出遊的
代課老師

平底鞋

新莊線

大橋頭站

O8
Daqiaotou

站名取自當地地名,意即「台北大橋橋頭」。

Note ✎

| ★ 觀察時間 | 週六下午5點 |

★ **觀察地點** 1號出口

★ **周邊景點** 延平北路三段的延三夜市臥虎藏龍,是久為饕客所推崇的台灣傳統小吃集散地。汕頭牛肉麵、橋頭純糖麻糬、大腸煎、潤餅、筒仔米糕……恨不得多生一張嘴一個胃袋,把這些美味統統裝進肚子裡!

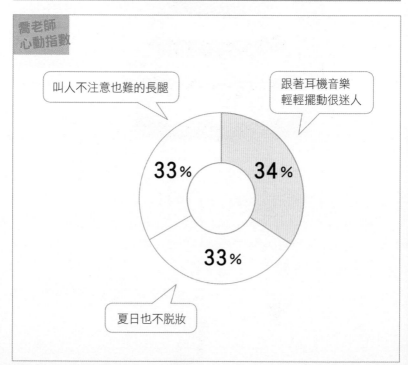

喬老師
心動指數

叫人不注意也難的長腿

跟著耳機音樂
輕輕擺動很迷人

33%　　34%

33%

夏日也不脫妝

用大腿及音樂
對抗夏天的女孩

假睫毛

iPhone原廠耳機

烈火紅唇

珍珠項鍊

手飾

iPhone5

藍色短洋裝

名牌包

本日購物結果

復古座椅

涼鞋

新莊線

台北橋站

O7
Taipei Bridge

站名取自站址東側的台北大橋。

Note ✏️

★ **觀察時間** 週間晚上8點

★ **觀察地點** 重新路一段

★ **周邊景點** 正義北路上的朱記花枝羹，靠著花枝羹和米粉炒吃立多年不搖。如果吃完這兩樣還無法滿足，可以到中央北路的三和夜市繼續尋寶，木瓜牛奶、蔡家麵線、萬粒肉丸都是備受在地人推崇的平價美食。

搭訕作戰會議

 那邊有個小紅帽！

 看起來有點壞的樣子好讓人心動。

 那這次該準備什麼小道具去搭訕？

 要不這次就老實點，
直接過去說我們很喜歡她的穿搭！

（過了一會）

 有成功嗎？

 有！她還說看過朋友轉貼我們的作品耶！

小紅帽

彩色指甲油

金毛

金項鍊
跟結婚時新郎的
那條一樣粗

大螢幕手機
跟襯衫相同
的花樣

男友的襯衫
男友應該是個
ROCKER

**偷穿男友襯衫
的女孩**

有穿褲子嗎？
（害羞）

喬老師最喜歡膝上襪

毛毛靴

新莊線

菜寮站

Cailiao

站名取自車站附近地名。早期當地菜園甚多，農人普遍在菜園搭建草寮居住或置放農具，故名「菜寮」。

Note

★ **觀察時間** 週日下午5點

★ **觀察地點** 重新路三段

★ **周邊景點** 電信街上阿田油飯是50年老店，早上7點開賣，賣完為止。店裡只賣油飯、貢丸湯、冬粉湯，採用傳統方式手工製作的油飯裡，那質樸的古早味，是許多三重人心目中無可取代的兒時記憶之一。

喬老師
碎碎念

我想下次可以挑戰捷運鬼才觀察日誌，因為搭訕取材時，常常聽到女孩們這樣回答：「鬼才要被你觀察！」

你真的是個
很樂觀的人。

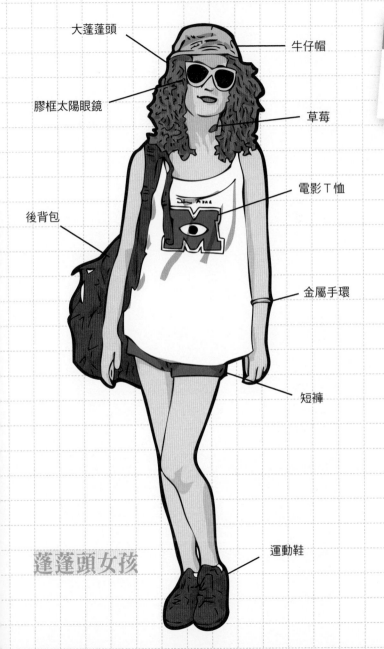

大蓬蓬頭

牛仔帽

膠框太陽眼鏡

草莓

電影Ｔ恤

後背包

金屬手環

短褲

蓬蓬頭女孩

運動鞋

新莊線

三重站

O5
Sanchong

站名取自當地地名，三重舊名為「三重埔」，
因為淡水河與其支流間的埔地，是依開發次序
來命名，所以稱為「三重埔」。

Note

★ **觀察時間** 週間下午7點

★ **觀察地點** 3號出口

★ **周邊景點** 三重幸福水漾公園中種植了大片波斯菊，春天花開
時，繽紛花海隨風搖曳，浪漫美麗的場景吸引許多人來此拍攝
婚紗照。這裡也是騎單車、慢跑、遛狗的好去處喔！

搭訕作戰會議

 你看，有群OL正在分蛋糕。

 好好吃的樣子喔。

 所以我們想搭訕的話，應該先去買飲料嗎？

 不用啦！我今天從台南上來前，特地去買了超有名的
煎餅，每人每天限定只能買兩包而已，拿這個去交換
準沒錯。

（過了一會）

 有成功嗎？

 她們吃到只剩下面那層紙而已……

餵你吃，來，啊～

該去補燙
頭髮了

運動外套

超好吃的
長崎蛋糕

進入捷運站
黃線後禁止飲食

公司發的
制服襯衫

站了快一小時
有點累

**剛跟同事買到
排隊美食的OL**

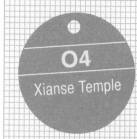

新莊線

先嗇宮站

O4
Xianse Temple

站名取自附近著名廟宇先嗇宮。

Note ✎

★ **觀察時間** 週日上午9點

★ **觀察地點** 車站月台

★ **周邊景點** 三重先嗇宮為三級古蹟,建於清乾隆20年,主祀神農大帝,是三重區最古老的廟宇,亦為三重人民的信仰中心。每年農曆四月廿六日的神農大帝聖誕日,都會有盛大的慶典活動,稱為「三重大拜拜」。

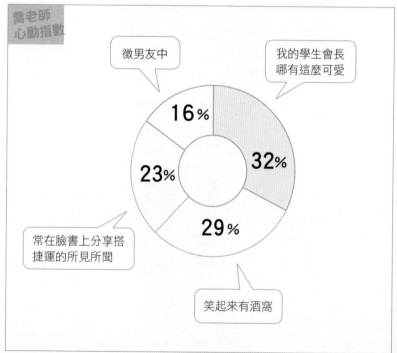

喬老師
心動指數

徵男友中

我的學生會長
哪有這麼可愛

16%

32%

23%

29%

常在臉書上分享搭
捷運的所見所聞

笑起來有酒窩

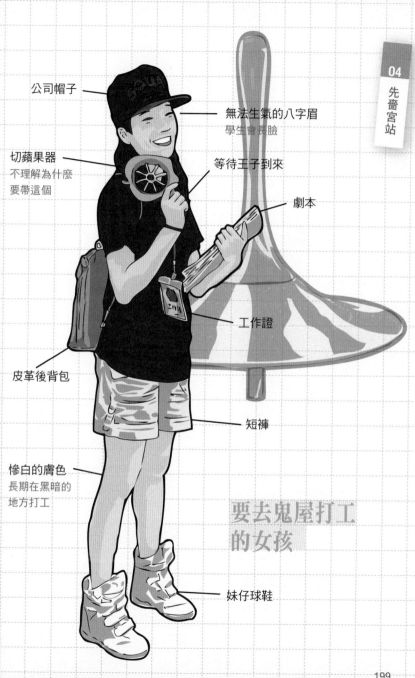

公司帽子

無法生氣的八字眉
學生會長臉

切蘋果器
不理解為什麼
要帶這個

等待王子到來

劇本

工作證

皮革後背包

短褲

慘白的膚色
長期在黑暗的
地方打工

要去鬼屋打工
的女孩

妹仔球鞋

新莊線

頭前庄站

O3
Touqianzhuang

站名取自當地地名。頭前為新莊區最北邊的一個里，從前的人從三重進入新莊，頭前是最前方的區域，故名之。

Note ✎

★ **觀察時間** 週日早上10點

★ **觀察地點** 重新路五段

★ **周邊景點** 南京金陵女子大學的校友因為感念母校培育，1956年在台灣創建金陵女中。金陵女中校友包括鄧麗君、林青霞，最近則有新一代宅男女神——大元，這所女校的校史可謂星光熠熠，是頭前庄站附近的美麗風景。

搭訕作戰會議

 這一站有很大間的家居用品店喔！

 我知道！我最喜歡吃他們家的瑞典肉丸了！

 那邊有個拿購物袋的女孩，應該是換季想順便改一下房間擺設。

 你不是稍微懂一點室內設計嗎？過去跟她聊聊看嘛。

（過了一會）

 有成功嗎？

 她是要打點新開幕的百坪餐廳，還兩層樓……

大墨鏡

夏日包包頭

洋裝

IKEA購物

外套

準備裝飾家裡
的女孩

休閒鞋

新莊線

新莊站

O2 Xinzhuang

站名取自當地地名，在清朝康熙年間就有漢人來此開墾，後來由於雍正年間人們在此設立新的聚落，便將此地命名為「新莊」。

Note 🖉

★ **觀察時間**	週六下午1點
★ **觀察地點**	中正路
★ **周邊景點**	新莊早年因為大漢溪河運而發跡繁榮，老街發展歷史已有300年，附近四棟廟宇（武聖廟、慈祐宮、廣福宮、文昌祠）皆為國家古蹟，可謂全台古蹟密度最高的街區。

喬老師碎碎念

棒球場上最強的投手一局頂多三上三下，但是啦啦隊更厲害，總能讓我心裡七上八下的。

今天晚上去看棒球吧！

正妹球迷

有張明星臉

棕色長髮

不離不棄的心

必備黃色加油球衣
穿上這件就如同穿上
黃金聖衣一般，加油
起來小宇宙爆發

曬不黑的
白皮膚

小露性感
適度展現美麗的一
面，轉播單位的攝
影機必定鎖定

加油道具
加油板、加油棒、汽笛、哨子⋯⋯

白球鞋

新莊線

O1
Fu Jen University
輔大站

站名取自車站附近學校輔仁大學。

Note ✎

★ **觀察時間** 週間上午11點

★ **觀察地點** 1號出口

★ **周邊景點** 輔仁大學培育出許多明星校友,如胡茵夢、吳奇隆、蔡依林等。輔大以美女眾多聞名,從2011年起,每年從學生當中選出12位正妹拍照製成月曆於校慶時限量發售,總是秒殺搶購一空,盈餘捐作公益,徹底實踐校訓「真善美聖」!

喬老師
不時尚教室

給要向男友說明**水晶指甲**用途的妳

水晶指甲除了美觀外,也有助調整指甲的長度、寬度與弧度,加上可戒掉咬指甲的習慣,可說是一舉數得,但切記別以為自己有了長指甲就變成甄嬛傳裡的人物,與同學同事勾心鬥角有礙身心健康。

人見人愛妝

酒紅色短髮

水晶指甲

白皙的皮膚

蘋果手機

牛仔背心

DKNY
西德鋼手環

小洋裝

COACH包

看不出是上通告
還是上學的女孩

∨口靴

新莊線

丹鳳站

O60
Danfeng

站名取自當地地名。早期新莊人有一句諺語「天下第一山，雙鳳朝牡丹」來形容當地地勢，故以「丹鳳」名之。

Note ✎

★ **觀察時間** 週六上午10點

★ **觀察地點** 2號出口

★ **周邊景點** 後港一路巷弄中藏著團購名物──雙喜饅頭的製作工廠。嚴選台灣在地天然食材研發創新口味，牛奶紅豆、雜糧起司、芋頭番薯等都是人氣品項。沒有實體店面，靠著口耳相傳網路訂購就已經訂單接不完。

搭訕作戰會議

 觀察那個女孩如何？

 歪著頭有點可愛呢！

 看起來好像迷路了，要過去幫她嗎？

 當然，其實捷運站在各出口都印有詳細資訊的地圖可以索取喔！

（過了一會）

 有成功嗎？

 送她出站之後換我迷路了……

正在研究捷運出口地圖的女孩

嗯？
看得喬老師
也不自覺歪頭了

羽絨衣

皮夾

是耳機線還是
電源線呢？

毛料短裙
長度正好

今天的dress code
是黑到底

新莊線

迴龍站
Huilong
O59

站名取自所在地附近地區「迴龍」，此名由來與台灣風水地理相關，據說由於「龍氣」於該地轉彎南下，故稱「迴龍」。

Note

★ **觀察時間** 週間晚上8點

★ **觀察地點** 1號出口

★ **周邊景點** 中正路上斗南米糕甲，是源自雲林斗南舊市場、經營超過一甲子的老店，其子孫傳承美味技藝在新莊開分店。僅靠著米糕、魚丸湯、排骨酥湯三樣單純古早味，便征服了無數當地人的味蕾。

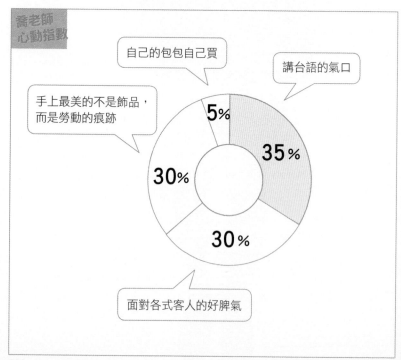

喬老師心動指數

自己的包包自己買

講台語的氣口

手上最美的不是飾品，而是勞動的痕跡

5%

35%

30%

30%

面對各式客人的好脾氣

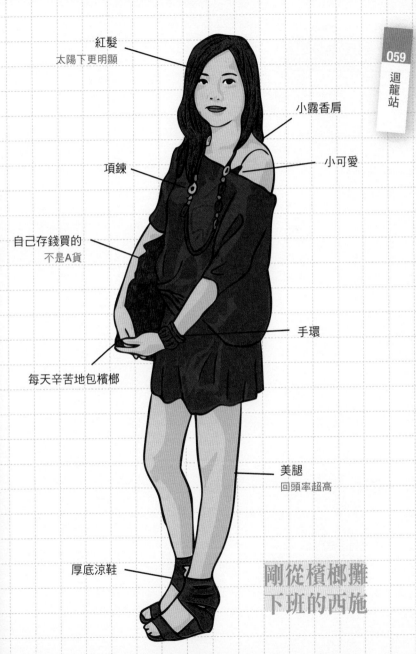

紅髮
太陽下更明顯

小露香肩

項鍊

小可愛

自己存錢買的
不是A貨

手環

每天辛苦地包檳榔

美腿
回頭率超高

厚底涼鞋

剛從檳榔攤
下班的西施

蘆洲線

O47
Sanchong
Elementary School

三重國小站

站名取自車站附近學校。

Note ✎

★ **觀察時間** 週末假日下午4點

★ **觀察地點** 三和路三段

★ **周邊景點** 三和路上王記蝦仁羹只賣一味,營業時間是奇妙
的下午三點到晚上八點左右。從小吃到大的在地人建議先嚐
一口蝦仁鮮甜原味,再加點烏醋就變成一種口味,精華美味
就濃縮在這小小一碗羹湯中。

**喬老師
不時尚教室**

給還不了解**絲襪**好處的妳

絲襪除了冬天保暖、夏天防曬外,更可以修飾
曲線、遮蓋疤痕、預防水腫與靜脈曲張,破損
後還可當成模仿綜藝節目遊戲的道具,切記若
要拿來製作絲襪奶茶前,要清洗乾淨,以免茶
香中飄出一縷鹹魚味。

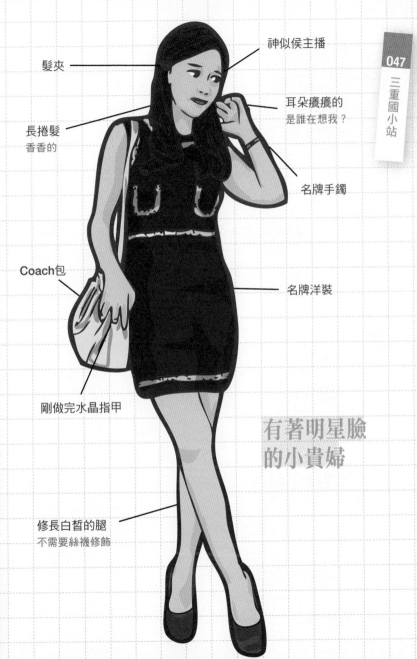

髮夾

神似侯主播

耳朵癢癢的
是誰在想我？

長捲髮
香香的

名牌手鐲

Coach包

名牌洋裝

剛做完水晶指甲

有著明星臉
的小貴婦

修長白皙的腿
不需要絲襪修飾

蘆洲線

三和國中站

O46
Sanhe Junior
High School

站名取自車站附近學校。

Note ✐

★ **觀察時間** 週間下午5點

★ **觀察地點** 三和路四段、幸福影城

★ **周邊景點** 車路頭街上供奉媽祖的義天宮，十餘年前開始收留流浪貓，目前約有10隻貓是固定的「食客」。廟祝們還特地祈求香火袋，給貓食客戴在脖子上保平安，悠閒淡定的貓咪們，成為本土廟宇中難得一見的風景。

搭訕作戰會議

 我覺得拿滷味那個女孩很不錯！

 趁這部電影剛結束，應該很容易能搭上話。

 前一陣子拿到幾張電影兌換券，剛好派上用場。

 Good！反正除了恐怖片我什麼都能看啊！
等我好消息！

（過了一會）

 有成功嗎？

 她約我們看恐怖片，最恐怖那種……

最喜歡恐怖片

仙草奶凍

影院進出章

零錢包

不是3D眼鏡

項鍊

手環

寬腰帶

相機包

連身褲裝

滷味

**用二輪電影
打發時間的女孩**

看不出來
有沒有絲襪

平底鞋

213

蘆洲線

O45
St. Ignatius
High School

徐匯中學站

站名取自車站附近學校。

Note ✎

★ **觀察時間** 週六下午5點

★ **觀察地點** 車站月台

★ **周邊景點** 楊媽媽小食堂的由來,是因為楊媽媽當年要貼補
家用,於是到姻親開的淡水阿給老店學手藝。20多年過去,
從無名小店到這家食堂,楊媽媽的阿給與甜不辣早已成為
蘆洲人認定的家鄉美味。

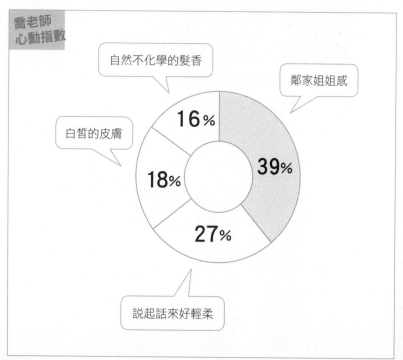

喬老師
心動指數

自然不化學的髮香

鄰家姐姐感

白皙的皮膚

16%

39%

18%

27%

說起話來好輕柔

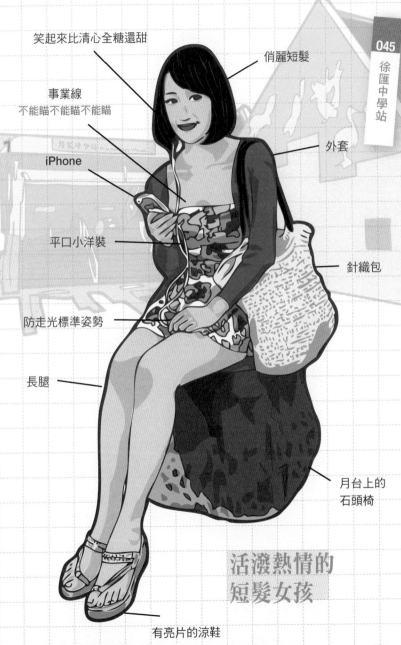

笑起來比清心全糖還甜

俏麗短髮

事業線
不能瞄不能瞄不能瞄

外套

iPhone

平口小洋裝

針織包

防走光標準姿勢

長腿

月台上的
石頭椅

活潑熱情的
短髮女孩

有亮片的涼鞋

215

O44
Sanmin Senior
High School

三民高中站

站名取自車站附近學校。

Note ✎

★ **觀察時間** 週五晚上7點

★ **觀察地點** 三民路

★ **周邊景點** 傳統菜市場或廟宇周邊常常可以找到只有在地人知道的隱藏美食，得勝街附近、湧蓮寺廟口就有許多值得一試的老店。早上在菜市場吃米苔目、下午吃鵝媽媽鵝肉、晚上逛夜市到盧記吃藥燉排骨，來個蘆洲美食一日遊。

搭訕作戰會議

 觀察穿藍色洋裝的女孩如何？

 膝上襪！絕對領域！
我心裡的那個宅男快被喚醒了！

 你本人就是個宅男，不用藏在心底。

 先別提這個了，看她東張西望好像在找什麼的樣子，八成是手機快沒電了正在找插座，幸好我總是隨身準備行動電源。

（過了一會）

 有成功嗎？

 人家在等男朋友開車來載……

怎麼還沒來

朱唇玉面

明明十分鐘前
就說快到了

傳單

藍色連身洋裝

安全褲？

絕對領域

膝上襪

在等男朋友
車子的女孩

短靴

蘆洲線

蘆洲站

O43
Luzhou

站名取自當地地名,當地原為一片沙洲,
蘆草叢生,故名「蘆洲」。

Note ✎

★ **觀察時間** 週間上午11點

★ **觀察地點** 車站月台

★ **周邊景點** 永樂街魚缸珈啡雖然才開業不到一年,店主精心
製作的咖啡、甜點與輕食,已吸引許多嗜咖啡的饕客到訪。店
內甜點是由獲得新加坡廚藝競賽金牌獎的師傅操刀,以平實
價格就能吃到競賽水準的精美甜點,實在是太幸福了。

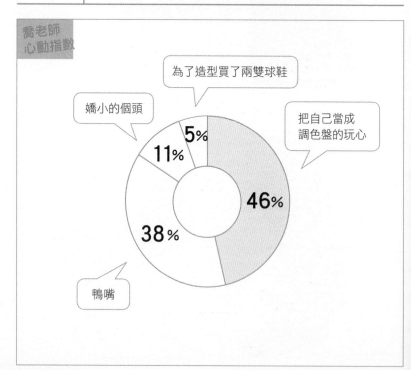

喬老師
心動指數

為了造型買了兩雙球鞋

娇小的個頭

把自己當成
調色盤的玩心

5%

11%

46%

38%

鴨嘴

橘色頭髮

藍色眼影

超商咖啡

中國風鑰匙圈

充電中
手機好耗電

大象戒指

螢光綠背包

雪紡紗裙

兩腳不同色
的球鞋

愛搞怪的女孩

台北車站

有多少個出門的早晨，我們在睡眼惺忪找到空位後馬上進入夢鄉；又有多少個返家的夜晚，我們望著沒電的手機，恨不得列車趕快到站。

捷運路網看似串連起了不同地方的人們，但忙碌的生活卻壓得我們眼中往往只剩下目的地，而忽略了身旁辛勤的打掃阿姨、看似迷路的遊客，甚至是在下車前，充滿活力對著車廂說「謝謝捷運！」的小女孩。

試著找一天把眼睛張開、手機關上，好好看著來往的人們，你一定能發現比喬老師還要精彩許多的捷運男孩觀察日誌、捷運長者觀察日誌、捷運寵物觀察日誌……

觀 察 日 誌

Note ✏
★
★
★

★
★
★

Note ✎
- ★
- ★
- ★

Note 🖉
- ★
- ★
- ★

每班列車的終點站，都是家

帶爸媽認捷運地圖的大學生、

比手畫腳告訴外國遊客如何換車的阿姨、

細心處理乘客問題的站務員，

其實我們每一個人都是導盲犬，

幫助彼此找到回家的路。

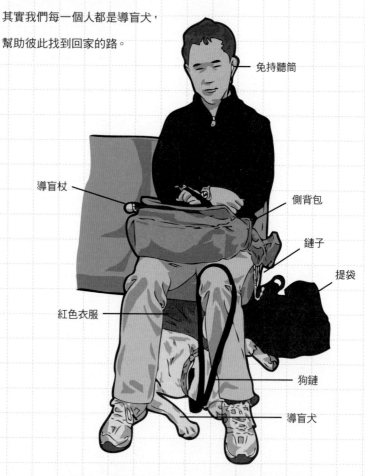

免持聽筒

導盲杖

側背包

鏈子

提袋

紅色衣服

狗鏈

導盲犬

當導盲犬辛苦執行任務時，請不要過去摸牠或干擾牠喔。

not only passion